सुगम होते रास्ते

त्रिशला रानी जैन

त्रिशला रानी जैन

त्रिशला रानी जैन आकाशवाणी ग्वालियर में लगभग २७ वर्ष महिलाओं और ग्रामीण भाइयों के कार्यक्रम में कंपीयर के पद पर कार्यरत रहीं। आकाशवाणी पर उत्कृष्ट वक्ताओंसे बातचीत करते हुए बहुत कुछ सीखने को मिला।

त्रिशला जी की यह पुस्तक सभी की संवेदनाओं को परिलक्षित करती है । कहानियों और कविताओं का यह संग्रहसामायिक परिवेश और हृदय के भावों का दर्पण है। हम समस्याओं को मौन स्वीकृति न देकर समाधान की ओर विचार करें।

इस पुस्तक की कहानियां एवं कविताएँ आपको निश्चित ही सोचने पर विवश कर देंगी, कि जीवन को चुनौतीपूर्ण जीते हुए हमें अपने कदमों को सफलता कीओर ले जाना है । रास्ते स्वयं ही सुगम हो जायेंगें, और आशाओं की किरणें हमें नई रोशनी प्रदान करेंगी।

खंड अ

कविताएं

खंड अ
कविताएं

1. कागज़ की नाव — 1

2. लक्ष्य हो ऐसा — 2

3. हज़ारों दीप भी कम हैं — 3

4. परिंदे से पूछा — 5

5. सुख और दुख — 6

6. अमन का बिगुल बजना चाहिए — 7

7. जज़्बात कभी गज़ल बन जाते — 9

8. जीवन का पर्याय — 11

9. जीवन चक्र — 12

10. नींद — 13

11. आराधना — 14

12. नयी कहानी — 15

13. लक्ष्य हो ऐसा — 16

14. अकेलापन और एकांत — 17

15. प्यार का आशियाना — 18

16. प्रीत के रंग — 19

17. होली के रंग — 21

18. अपनी परछाई — 22

19. आँसू — 23

20. ज़माने कहाँ के हो गए — 24

21.	प्रश्न चिन्ह	26
22.	प्यार	28
23.	रिश्ते	29
24.	पलों का हिसाब किताब	30
25.	तुम आ जाते एक बार	31
26.	बूँद	33
27.	ज़िन्दगी	34
28.	अधूरी कहानी	36
29.	समर्पण	38
30.	पंछी बन उड़ जाऊ मैं	39
31.	चाय पे फिर मिलूंगी	40
32.	ऐ ज़िन्दगी	41
33.	आंधी	43
34.	खुशी तुम कहाँ हो?	44
35.	शिकायत	46
36.	चक्रव्यूह	47
37.	मेरे प्रभु	50
38.	बेनाम हो तुम	51
39.	मन की अभिलाषा	53
40.	दिये साथ मिल कर जलाएँ	54
41.	नया वर्ष	55
42.	बापू लौट आओ	57
43.	हिंदी को उत्कृष्ट बनाओ	59

44. इक बार तो मुस्कुराइए 60

45. अ से अ: तक 62

46. क से ज्ञ तक 63

47. प्रार्थना 65

48. इंतज़ार 66

49. आज़ाद हैं हम आज़ाद रहेंगे 67

50. कामना 70

51. आओ बनायें ऐसा जहाँ 71

52. "माँ " 73

53. मैं भी माँ हूँ 74

54. बचपन के दिन 76

55. परियों सी होती हैं बेटियाँ 78

56. अरे माली 80

57. नारी दिवस 81

58. भादों की स्याह रात 82

59. भरोसा 83

60. मैं लड़की हूं 84

61. गुज़रे लम्हे 87

60. मैं लड़की हूं 84

61. गुज़रे लम्हे 87

खंड ब

कहानियाँ

1. यादों के झरोखे से — 90

2. क्षितिज के उस पार — 94

3. चश्मा — 98

4. ऐसा भी होता है ? — 101

5. मॉर्निंग वॉक — 109

6. लाड़ली — 113

7. महान कौन? — 117

8. फिर से — 121

9. शायद यही प्यार है — 124

10. मेरा छोटा सा शहर — 127

11. दिल तक — 130

12. सुख कहाँ? — 133

13. गिनती — 139

१

कागज़ की नाव

कुछ लिखना चाहा, लिखा मैंने ,
पर प्यार की इमारत बिखरी थी,
समेटना कठिन था।

पन्ने जो प्यार की स्याही से लिखे थे,
वो अब धूमिल हैं,
प्रदूषित हवा से बिखर गए या कहीं खो गये।

या मेरे कुछ पृष्ठ बच्चों ने,
कागज़ की़ नाव बना कर बहा दिए,
आज भी कागज़ की नाव वही पुरानी है।

सब कुछ बदल गया है, पर आज भी यादें वही पुरानी है,
ममता,स्नेह,प्यार हृदय की अनुभूति है,
ये कभी बदल नहीं सकती ।

२

लक्ष्य हो ऐसा

राह की रूकावटें कभी रास्ते नहीं बदल सकती,
लक्ष्य बनाने के लिए मन की आवाज़ सुन,
फिर एकलव्य की तरह निशाना साध लो,
मुश्किल नहीं है अपनी मंज़िल तक पहुँचना ।

जिओ मन के मुताबिक पर राह सच्ची हो,
ज़िन्दगी कहेगी कब अलविदा ये पता नहीं,

जो दी है उसने सम्पदायें उसी से प्यार कर,
न बहा पानी जो उसी के रहम से हमको मिला ।
हर बूँद इसकी हीरे से भी है कीमती संजो इसे,
बेकार बहाया तो, ये ईश्वर की अवहेलना होगी ।

न काट इन दरख्तों को जो देते है शुद्ध वायु,
बस बदले में थोड़ा सा प्यार ही तो मांगते हैं ।
तपिश से बचाते हैं जल को भी संचय करते हैं,
स्वादिष्ट फल देते हैं ये हम से कुछ न लेते।

फूल चढ़ते भगवान पर या दुल्हन के सिंगार पर,
सौंदर्य है एकसा उनकाखुशबू भी एक सी ।
तोड़ कर बिखेर दिएजाते अंतिम प्रस्थान पर,
इन्हीं से सीख ले हम जीना दूसरों के वास्ते

३

हज़ारों दीप भी कम हैं

हज़ारों दीप भी कम हैं,
अंधेरों को मिटाने को,
हो संकल्प मन में अगर,
तो एक दीप काफ़ी है उजाले को।

प्रेम है शब्द ऐसा कि,
भेद आपस के मिटाता है,
मगर एक कटु वचन ही काफ़ी है,
दोस्ती मिटाने को।

भूल जाये रास्ता कोई अगर,
ज़िंदगी की इन राहों पर,
तो दिया झोपड़ी का ही काफ़ी है,
रास्ता दिखाने को।

जीवन में लगा दे एक पेड़,
हरेक इंसान,
तो एक पेड़ ही काफ़ी है,
पुण्य कमाने को।

अगर हो जाए समन्वय,
स्वच्छता और साक्षरता का,
तो एक ही कलम काफ़ी है,
इंसान को इंसान बनाने को।

खिल उठे बचपन,
जवानी भी संयमित हो,
तो एक आदर्श शिक्षक ही काफ़ी है,
उनका व्यक्तित्व बनाने को।

महक जाए हर उपवनऔर खुशियों की इठलाती डाली हो,
छलक जाए अगर आँखे किसी की,
तो एक मुस्कान काफ़ी है,
उसको हँसाने को ।

४

परिंदे से पूछा

परिंदे से पूछा एक बार,
तुम्हे इतनी ऊंचाई पर उड़ने से डर नहीं लगता?

मुस्कुरा कर मेरी तरफ देखा उसने,
कहा उसने जो ज़मीं देख कर उड़ते है,
वो कभी डरते नही, धरती का प्यार जो पाते है।
वो सदा होते हैं प्रफुल्लित,छू लेते है आसमां को,
वो आने वाली बाधा से कभी डरते नहीं ।

दूर परदेस में उड़ कर जब चले जाते हैं,
तो लौट कर अपने देस जरूर आते हैं।

जिस बीज को संस्कारों की खाद मिले,
वो कभी संक्रमित नहीं हो सकता।

पेड़ की जड़ें अगर खोखली हों तो,
उस पर कभी हरियाली नहीं हो सकती

हमें सीखना हैं इनसे,
अपने संस्कारों से जुड़े रहना।

५

सुख और दुख

सुख और दुख दोनो में रखे समभाव,
ज़िन्दगी तो सुखदुख का समन्वय है,
बिना एक के कठिन है जीवन।

नफ़रत से देखो तो बेनूर,
प्यार से देखो तो है ख़ूबसूरत
तो क्यों न देखे सुंदरता फूलों में,
क्यों न बिखेरे खुशबू प्यार की।

आओ मिलकर लगा ले गले उनको
जो हैं लाचार मजबूर और बेसहारा
आज को जी लो पल पल कल किसने देखा है?

सच बस ये पल,
इस पल को जी भर कर जी लो,
रूठ न जाये कोई अपना कभी
हर मुरझाई लता मे प्रेम को संचार कर दो।

६

अमन का बिगुल बजना चाहिए

मन कहता है दूर गगन में उड़ जाऊं,
बन कर पंछी मैं पंखो को फैलाऊं,
पर लगता है पंख मेरे बेजान हो गये हैं,
धरती पर लगता है सब बेसाज़ हो गए हैं।

धरती पर है ये कैसी फिसलन है,
जो पैरों को थिरकने भी नहीं देती,
मन के मयूर कहते हैं,
कैसी भी हो फिसलन,
पर तुझको तो नृत्य करना है।

झूम झूम कर गाना है,
और इसी तरह नाच नाच कर,
सबको खुशी का संदेश देना है ।

मन हो विश्वास प्रेम का,
हो सबके साथ अहसास,
तो मुश्किल भी हो जाती है आसान ।

साथ सबके मिलकर बिछा दो
ज़मीन पर चादर एकता की,
बिछा दो फूल प्यार के,
बेशक थक जाए कदम उम्र के पड़ाव पर,
पर दिल मैं हिम्मत और कर्मठता का संचार होना चाहिए,
अमन और शांति का बिगुल बजना चाहिए।

७

जज़्बात कभी गज़ल बन जाते

जब भी कोई चिराग़ बुझा है
सितारे कई रोशन हुए हैं
लचकदार शाख कभी टूटी है
तब भी उस दरख़्त पर परिन्दे आये हैं
और फिर से आशियाने बनाये हैं।

कभी सीढ़ियों से उतरते देखा है
तुमने किसी हुस्न परी को?
ठीक वैसे ही आँखों से
अश्क़ भी उतरते चले गए हैं
तर्ज़ेजफ़ा कितनी भी रही हो
सितम के इम्तिहान से न घबराए हैं।

नीले गगन को देखकर क्यों
कोयल ने राग छेड़े हैं
बादल में न है घटा कोई
फिर भी भीगी है ज़ुल्फ़ तेरी
क्या आप भी किसी जलजले से आये हैं?

सुना है शहर वीरान सा हो गया है
या फिर कहीं अपने ही नज़र न आये हैं
ग़ज़ल है ये कोई ज़िन्दगी का सामान नहीं
कि इस तरह मिटा कर बिखेर दूँ स्याही
फूलों से कहीँ ज्यादा हमने बग़ीचे
खारों से ही तो बनाएं हैं।

तभी तो बागवां ने हम पर तोहमत लगाये हैं
गुलों को छोड़ कर खार भी भला
कोई इस तरह सहेजता है
दूर तलक जिसे किया निगाहों से रुख़सत
वो सारे दर्द मेरी बाहों में सिमट आये हैं
ये सहर रफ़्ता रफ़्ता शाम तक तो पहुंचे कभी
हमने इसीलिए अपने सिरहाने दीये जलाए है ।

८

जीवन का पर्याय

हवा कितनी भी हो विपरीत
सीढ़ियों पर चढ़ना हो कितना कठिन

चलते रहिए हौसला न कीजिए कम

यही तो जीवनकी है सच्चाई कि
जिन्दगी को सच्चाई से झुठलाते चलिए

जिन्दगी आसान नजर आने लगेगी।

९

जीवन चक्र

डूबते सूरज की लालिमा,

लगती है किसी दुल्हन की लाल चुन,र
वह चन्द्रमा के स्वागत में,
स्वम् को विलीन कर देता है।

बस जीवन चक्र भी इस तरह ही है,
किसी का विलीन होना तो,
किसी का नव उदित होना।

१०

नींद

ज़िन्दगी छलावा है
मगर गुनगुनाती है

रूठ जाती है कभी
तो कभी मनाती है

पीर हो चाहे जितनी
मगर हंसाती भी है

क्यू मॉगे दुआ मौत की

नींद कभी ही सही
पर ये आती तो है ।

११

आराधना

लहरों के उस पर तुम खड़े तुम सोचते क्या
मत डरो इनके इस झंझावात से
ये आयेंगी जाएंगी जुझारू संघर्ष करेगी
जाती नहीं अपने समुद्र को छोड़ कर,

बनो तुम भी सबल स्वावलंबी,
अपने अस्तित्व को कभी कमतर नसमझो
गिरो अगर, तो फिर से उठो तुम ।
चलो अनवरत ,रुको मत करो कर्म तुम

पूजा यही है , आराधना भी यही
मांग लो अम्बर से ऊंचाई , सूरज से रोशनी
नदी से अनवरत बहना, समुंदर से गहराई
चूम कर माटी धरा की, आत्म विभोर हो जाओ

पर्वत से कहो , मुझे दे अडिगता , प्रभुता
शाखाओं से मांग लो , झुक कर आशीष देना
पक्षियों के मधुर संगीत में डूब कर
अपने को कर समर्पित आराधना ।

१२

नयी कहानी

ज़िन्दगी के पन्नों में ,
अगर निराशा दीमक की लग जाए
तो मिटा दो खाक में उनको
फिर से नए पृष्ठों पर लिखो
नई उम्मीदों की कहानी,

उस कहानी में
समरसता हो
उम्मीद हो
सूरज की गर्मी हो
थोड़ी सी चाँदनी की शीतलता हो
नन्हे बच्चे की किलकारी हो
और हो
प्यार की ख़ुशबू।

१३

लक्ष्य हो ऐसा

राह की रूकावटें कभी रास्ते नहीं बदल सकती,
लक्ष्य बनाने के लिए मन की आवाज़ सुन,
फिर एकलव्य की तरह निशाना साध लो,
मुश्किल नहीं है अपनी मंज़िल तक पहुँचना ।

जिओ मन के मुताबिक पर राह सच्ची हो,
ज़िन्दगी कहेगी कब अलविदा ये पता नहीं,

जो दी है उसने सम्पदायें उसी से प्यार कर,
न बहा पानी जो उसी के रहम से हमको मिला ।
हर बूँद इसकी हीरे से भी है कीमती संजो इसे,
बेकार बहाया तो, ये ईश्वर की अवहेलना होगी ।

न काट इन दरख़्तों को जो देते हैं शुद्ध वायु,
बस बदले में थोड़ा सा प्यार ही तो मांगते हैं ।
तपिश से बचाते हैं जल को भी संचय करते हैं,
स्वादिष्ट फल देते हैं ये हम से कुछ न लेते ।

फूल चढ़ते भगवान पर या दुल्हन के सिंगार पर,
सौंदर्य है एकसा उनकी खुशबू भी एक सी ।
तोड़ कर बिखेर दिएजाते अंतिम प्रस्थान पर,
इन्हीं से सीख ले हम जीना दूसरों के वास्ते ।

१४

अकेलापन और एकांत

अकेलापन और एकांत में ये अन्तर होता है

अकेलापन मन को बोझिल कर देता है
एकांत हर पल का मन मंतर होता है

एकांत विचार मंथन के लिये साधना है
न मिलता एकांत तो ऋषियो की साधना न होती
और न होता शास्त्रों का पठन पाठन
ना ही लिख पाते मुनी वेद और पुराण

एकांत स्वम को जीवन्त होने की प्रेरणा देता है
बांछित कामनाओ को सम्पूर्णता प्रदान करता है

अकेलेपन की अनुभूति को बदल दो
कर लो एकांत से प्रेम लिख दो हृदय पटल पर
मधुर स्मृतियो के शब्द चिन्ह
जिन्हें न मिटा सके समय का कोई भी पृष्ठ ।

१५

प्यार का आशियाना

बरगद के पेड़ से मैंने पूछा कि तुम
बर्षों से यूँ ही खड़े थकते नहीं ?
वो बोला देने वाले कभी थकते नहीं
मैं राहगीर को छाया देकर आराम देता हूँ
पर अब लोग मेरे नीचे बैठते ही नहीं ।

लिखते रहते है उंगलियों से कुछ
बस उनके चेहरे की भाव भंगिमाये देखता हूं
अब नई दुल्हन डोर मुझसे बांध कर
सुहाग की कामना भी नहीं करती।

पर अमर बेल मेरे साथ रहती है
पोषण देता हूँ मैं उसे शायद इसी लिए।
नीम, पीपल मेरे मित्र भी अब कम हो गए हैं,
पता नहीं कहां खो गए है?

कल एक सुंदर नवयौवना कह रही थी किसी से
कल इसी बूढ़े बरगद के नीचे हम मिलेंगे ।
सोच रहा हूँ तब से कि बूढ़ा हो गया तो क्या हुआ
आज भी किसी के प्यार का आशियाना तो हूँ !
तभी से जीने की लालसा फिर जाग उठी है।
मेरे तले प्यार सबका यूं ही पलता रहे ।

१६

प्रीत के रंग

नन्ही हथेलियों से जो थाम ले आँचल
करे गोदी में अठखेलियाँ सीने से लगकर
छेड़ दे वीणा के तार झंकृत हो उठे मन
माँ गाये लोरी सुन कर सो जाए गुड़िया

ये है प्रीत का रंग जिसे ममता कहते हैं।

कोई भी न रहे वंचित मां के प्यार को,
तरसे न कोई कभी अपने घर के द्वार को
साथ मिले मनमीत का, दिए प्यार जलें के

कोई राधा न बिछड़े कभी अपने कान्हा से
खेत में सरसों फूले मन महक उठे प्यार से
रंग बिखेरे प्रीत के अबीर बन उड़ने लगे
सावन कहे यूँ झूम कर प्यार की फुहारों से
न तरसा मुझे बादल भी अब घुमड़ने लगे,

रंग प्यार का है गेरुआ जिसे देश भक्ति कहते हैं
सरहदों पर हर पल पहरे है बंदूक के
कह कर गया था लौट कर जरूर आऊंगा

अंतिम सांस तक लड़ता रहा था देश प्रेम में
लिपट कर आ गया है तिरंगे मे अमर हो गया

शहादत मां के सपूत की व्यर्थ नहीं जाएगी
तिरंगा हजारों साल तक फहराएगी ।

प्रेम के न जाने है कितने रंग है ये मिटते नहीँ
जिंदगी की सांझ तक और गहरे होते जाते है
कदम थक जाए तो भी ये यूँ ही रुकते नही
हाथ थाम कर ये दरिया भी पार कर ।

लाल रंग है प्यार का प्रतीक, खून भी है लाल
फिर क्यो भला दूरियां आपस में रंग जाओ
एक ही रंग में, पूरब हो या पश्चिम, उत्तर, दक्षिण
बस ये ही कहो कि हम भारतीय है सब एक हैं ।

१७

प्रीत के रंग

बदल गए अब जीवन के ढ़ंग

पर नहीं बदले आज भी होली के रंग

त्योहार है खुशी का रंगिये रंगाइये

रूठे हुए को मना कर गले लगाइये

बधाई दे रहे है होली की सबको

दो चार गुझिया इधर भी ले आइये ।

१८

अपनी परछाई

आइना होता है जब धूमिल
सूरत अपनी भी नजर नहीं आती
होती है जब सूरज की रोशनी कम
तो परछाई भी अपनी, नज़र नहीं आती ।

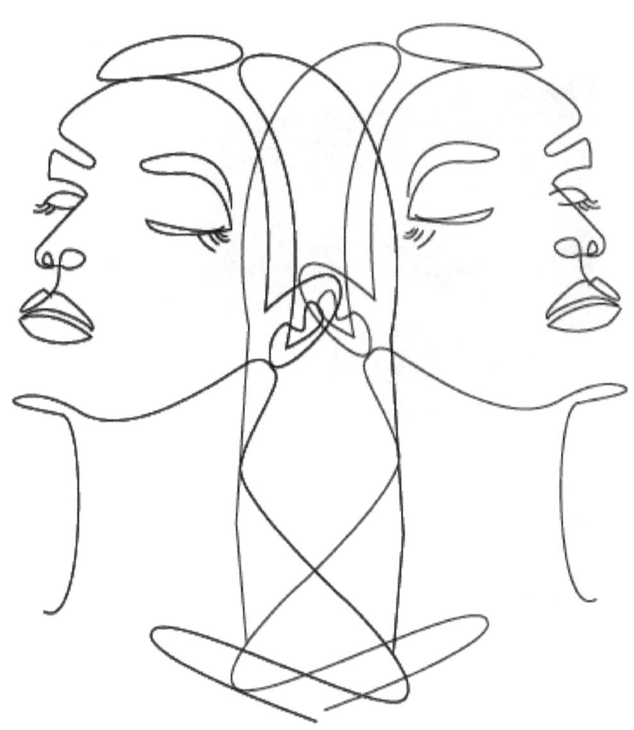

१९

आँसू

ज़िन्दगी थी आँसुओं का सैलाब
पर हमने कोर से इसे बहने न दिया
पी गये कुछ आँसू कुछ अनचाहे छलके
होठ हो गये निशब्द तन्हाई ने जीने न दिया ।

२०

ज़माने कहाँ के हो गए

खिल गयी बाग में कलियां
पर अब भवरे दिखाई नहीं देते
मोबाइल को देखती आखों को
अब अपने दिखाई नहीं देते
अब खेलते बच्चों के झुंड दिखाई नहींदेते।

चाइनीज गुडिया क्या आ गयी
अब कपड़े की गुड़िया के लिये
मां से मनुहार करती बेटियाँ
और उनके व्याह रचाते बच्चे
दिखाई नहीं देते , गुड्डा किसका होगा
बच्चों में अब वो झगड़े दिखाई नहींदेते

चूल्हे की फूंकनी और थाली पर चम्मच की खनक
अब वो मधुर संगीत सुनाई नहीं देते।

मां का छोटी छोटी पूड़ियाँ बनाना
गुड्डे की बारात को प्रेम से खिलाना
गुड़िया की विदाई पर पापा का भी आँखे भर आना
अब वो मंज़र दिखाई नहीं देते।

ख़त का बेसब्री से इंतज़ार करना
बार बार हर आहट को डाकिया समझना
डाकिया दिख जाए तो आँखों मे
उत्सुकता से पूछताछ करना
ख़त मिल जाये तो तितली सी बन उड़ना
न मिले तो मायूस हो आँख भर आना
प्यार की गहराइयाँ अब दिखाई नहींदेती ।

चरण स्पर्श, नमस्ते, जय जिनेंद्र, राम राम
के अभिवादन कहीं खो गए
अब हम हाय हेलो सुनने के आदी हो गए
हमारी संस्कृति के मायने ही बदल गए
धार्मिक कार्यक्रम बुजुर्गों के साथी हो गए ।

लड़ झगड़ कर भी संयुक्त रह कर
चहकते चहरे कहीं खो गए ।
जो बचा है उसे न खो देना
रख लो सहेज कर जो बचा है
देखते ही देखते ज़माने कहाँ के हो गए ।

२१

प्रश्न चिन्ह

पन्नों पर बिखरी सी ज़िन्दगी
समेटने की नाकाम कोशिश
और उस पर वक्त की लिखावट
कितनी बेनामी सी लगती है ।

पर इस तरह यूँ मायूसी की
ज़िल्द न चढ़ाइए कभी
ज़िन्दगी अपनी, फैसले भी अपने
फिर क्यों न पन्नों पर लिखावट भी
हमारी ही हो ।

सिर्फ आईने में अपनी
ही मुस्कुराहट देख कर कुछ
यूँ कहे अपने से वक़्त कम है,

आओ कुछ पल अपने लिये ही जी लें
पता नहीं कल सहर हो न हो
हो भी तो सांझ का किसको पता ,
जब पता नहीं एक पल का भी ।

तो अपने हर पल का हिसाब
अपने से मांग कर
न कर कोई प्रश्न बस
स्वयं क्यों न बन जाये सभी के लिये प्रश्न चिन्ह?
क्यों कि यहां अपनी नहीं
सबको दूसरों की खुशी का कष्ट है।

२२

प्यार

प्यार विश्वास का अहसास है
जीने की आस है
शहद सी मिठास है
सूखी डाली को कोपलों की आस है
तपते रेगिस्तान में ठंडक का स्पर्श है

प्यार ईश्वर की हर रचना से होना चाहिये
हर जीव को जीने का अधिकार है

फिर जीव निर्जीव होकर क्यूं इतना लाचार है
पल भर का हो शायद ये जीवन
इसीलिये प्यार बस प्यार होना चाहिये !

२३

रिश्ते

ज़िन्दगी की राह में रिश्तों को निभाना है कठिन
कही यह लरजते हैं तो कहीं गरजते हैं
कहीं है शिकायत तो कहीं रूठना भी है
साथ न चलने का दुख है तो कहीं साथ है बोझिल

ढूंढें कहाँ सुख को यह तो सन्तुष्ट होने पर ही मिला है
हर रिश्ते में है अगर नम्रता और प्यार की महक
सच है ये कि न होगा कभी रिश्तों को निभाना कठिन

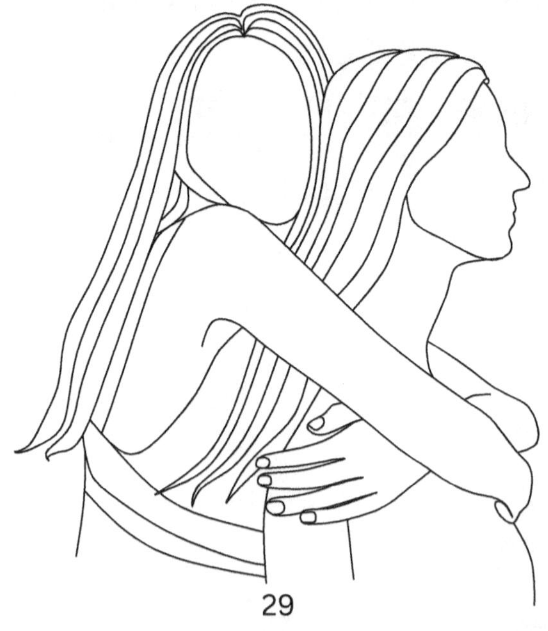

२४

पलों का हिसाब किताब

पल को तुम्हारी यादों के साथ जिया है .
तभी तो हर पल को जिया है मैंने
भला मैं क्यों फिर अपने दिल से पूछूं
धड़कने का हिसाब-किताब?

वक़्त ही नहीं कि अब गया वक़्त खोजे
गया वक़्त जब गया ही नहीं तो क्या खोजे
बस हर पल मेरे साथ यूंचलता है कि जैसे
पल भर कोमेरे ज़हन से कोई गया ही नहीं l

कितनी बेसुरीसी लगती है ज़िंदगी की कहानी
जब सुरों को साधना असाध्य लगता है,
पर कहीं दूर से आती है जब
किसी बच्चे के रोने की आवाज
जो सूखे सीने में छुपकर
दूध के लिये मचल रहा है
तब जिंदगी का सच दिखाई देता है l

मेरी भावनाएं कहीं खो जाती है
कुंठित सी मैं सोचती हूँ कि
गये वक़्त की याद में लिखूँया
उस रोते हुए बच्चे को सीने से लगा लूँ l

२५

तुम आ जाते एक बार

तुम आ जाते एक बार
तो यूँ मेरे सपने वीरान न होते

आहट कहती है बार बार
तुम आये थे मेरे द्वार
मैं जान न पाई पर
निशान कदमों के देखें हैं
मैंने कितनी बार......

मैने सजा लिए थे बंदनवार
पर तुम चौखट तक आकर
लौट गए थे ......
मैं गलियारे में देख रही हूँ
ढूढ़ रही हूँ तुमको
शायद फिर से तुम आ जाओ

सुबह से पूछती हूँ
ये मिलन है क्षितिज का
जो भ्रम में समाहित होता है

मेरे जीवन के बन जाते
अगर संगीत तुम
तो मेरे गीत यूँ बिखरे
बेसुर बेताल न होते

तुम आ जाते एक बार
कितने संदेश तुम्हें देती
जो बन जाते मधुर गीत
तुम कहते मैं सुनती
मैं कहती तुम सुनते
बस बजते वीणा के मधुर तार
जो बन कर स्पंदन हृदय के
मुझको कह जाते ....

मैं आऊंगा फिर से एक बार
मैं हतप्रत सी खड़ी हुई हूँ
जाने क्यों करती हूँ इंतज़ार
तुम आ जाते एक बार .....

२६

बूँद

नन्ही परी सी बूँद उतरती है
जब भी आसमां से मन यूं कहता है
ये पागल है क्यूँ छोड़ कर आती है घर
धूल मै मिल कर अपने को मिटाने ।

बूँद बादल से बिछड़ कर
धरा मे समाहित हो जाती है
अपना अस्तित्व खोकर
सोंधी खुशबू हवा में बिखेर कर।

अपना जीवन मिटाकर धरा को
देती है नयी उर्जा इसलिए कि
अंकुरित हो सकें नये बीज
और लहलहा सके वन उपबन ।

पर कभी लगता है मुझे कि ये ज़मीन
के आगोश मे समाकर चिर विलीन
होकर मधुर सपनों मेँ खो गई है।
जहाँ से फिर कोई लौट कर आता नहीं ।

२७

ज़िन्दगी

ज़िन्दगी तू फूल है ,शूल भी है,
फूल कहता मुझसे,मैं पल भर का हूँ

मुझसे तो शूल ही अच्छे है जिनकी
चुभन याद तो रहती है ,मैं तो मिटकर
भी किसी को याद नहीं आता,

तोड़ कर बिखेर दी जाती है पंखुड़िया
और मैं अपना अस्तित्व ही खो देता हूँ

सबको बहुत देती है तू ज़िन्दगी
पर तू बेवफा है ,तुझे ये भी सहना पड़ता है

ज़िन्दगी तो बार बार कहती है न रुठ तू
न लाचार बन, कभी मायूस होकर न जी
लोग क्या कहेंगे, ये सोचना ही छोड़ दो

जीना कैसे है, ये तुमको स्वयं ही समझना
कठिन तो है राह मगर चलना अकेले ही है

सहारे कब किसके सहारे बनते है
ज़िन्दगी तू कभी अवांछनीय हो जाती है
तो कभी अतुलनीय भी हो जाती है

तुझे समझने के लिए पूरी ज़िन्दगी कम है
आसान है बस यूं रास्तो पर चलना
निर्विघ्न, निश्चिंत, मौन और मदमस्त ।

२८

अधूरी कहानी

जब भी चाहती हूँ कि
अपनी कहानी पूरी करूँ
तब मेरे पास अल्फ़ाज़ ही कम पड़ जाते है,
जब भी लिखने बैठती हूँ बस खूबसूरत बचपन
की ही कुछ मीठी सी यादें लिख पाती हूं।

समेटने का प्रयास करती हूँ तो न जाने कहां से
हवा का झोंका आकर पृष्ठ उड़ा ले जाता है
डरी सहमी सी दुबक कर बैठ जाती हूं नन्ही गौरैया की तरह
इस गौरैया को दहशत है
की कही से कोई बाज़ आकर उसे निशाना न बना ले
और मै डर से कस कर आँखे बन्द कर लेती हूँ ।

चलो एक पृष्ठ पर मुहब्बत की दास्तान लिखूं
तभी अखबार मैं इसी खातिर कोई जान दे बैठा
ये पढ़ कर सोचती हूँ कि कुछ अच्छा लिखूं
एक बेटी की विदाई का दृश्य लिखूं लोगो के
हृदय की संवेदनाओ का ज़िक्र करु पर ये क्या
सुना पड़ोस की बेटी दहेज के कारण वापिस आ गई है।

बस अब क्या कहानी मेरी अधूरी ही रहेगी ?

जीवन तो आशा और निराशा का संगम है।
यही बेटी जो आई है वापस अपने बाबुल के घर
वो एक दिन चमकता सितारा बनेगी।
आसमान की ऊंचाई को छू कर कहेगी मुझसे
अब लिखो मुझ पर कविता या कहानी।

गर्व से आत्म विभोर हो कर मैं लिखूंगी
नारी की सशक्त और साहस भरी कहानी
संस्कारों की नींव रखे कुछ ऐसी कि शिक्षित हो
हर कोई देख सके
जीवन के सुगम होते रास्ते।

२९

समर्पण

पूछा मैंने नन्ही सी बूंद से एक दिन
तुम क्यों आती हो उतर कर ज़मीं पर
बोली अपने लिए जी कर करूँ क्या
छोड़ कर आती हूं अपना आशियाना
मिट कर धरती में अंकुरण करती हूं
बीज कोई नया प्रस्फुटित हो कर
लहलहाए फूल बन कर
खुशबू बिखेरे बाग में
तितलियां इतराए

सीख लेना इस नन्ही सी बूंद से हमे
जीना औरों के लिए मिट कर भी
ज़िन्दगी दें औरों के लिए हम
क्यों न करे जाने के बाद नेत्रदान हम
आंखों से कोई देखे ये खूबसूरत जमाना
हम न होगे पर आंखे रहेगी सलामत
ये वचन ले ले हम सभी करे ,न देर इसमें
जानते है हम सभी नेत्रदान होता है महादान

३०

पंछी बन उड़ जाऊ मैं

मन कहता है मै पंछी बन उड़ जाऊ , इस कोरोना की दहशत
से कही दूर जाकर मयूर बन नृत्य कर
सुन्दर बगीचों की सैर करु।

पर कैसे सम्भव है ये,सब कुछ बन्द है।
सहम गये है सब लगता है हम
क्या यूं ही कैद हो कर रहेगे

कभी तो वक्त बदलेगा फिर से
बागबान बच्चों की किलकारियों से
कभी तो गूजेंगे, बस धैर्य का दामन थामे रहिये।

दूर है सबसे पर मन मे दूरी न होने पाये
इस आपदा से हम जीत ही लेंगे

फिर से बहारे आएँगी
हम अपनो के फिर करीब होगे
ये तो सच है हमे दिलों मै मुहब्बत बनाना आता है

तभी तो संसार का दिल
जीत लेते है हम ।

३१

चाय पे फिर मिलूंगी

आज छिटकती चाँदनी में बैठ कर
सूरज की तपिश भूल कर
तुम्हारी छवि को दूर से निहार रही हूँ
उसी कुर्सी पर बेठी हूँ जिस पर कभी
तुम्हारा अधिकार था ।

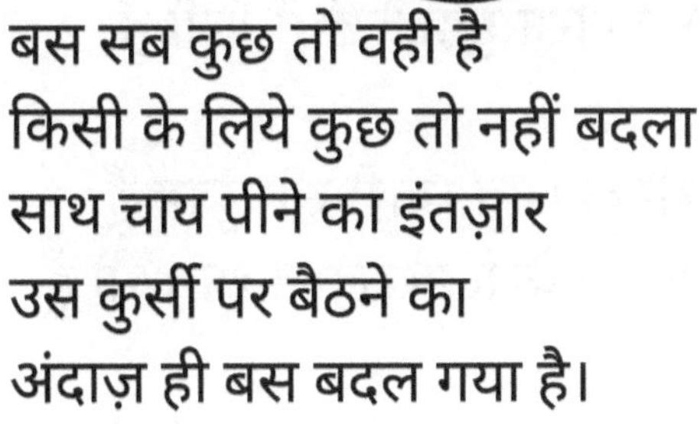

बस सब कुछ तो वही है
किसी के लिये कुछ तो नहीं बदला
साथ चाय पीने का इंतज़ार
उस कुर्सी पर बैठने का
अंदाज़ ही बस बदल गया है।

पर मैं करती रहूंगी
सूरज की तपिश का इंतज़ार
चांदनी सिर्फ लुभावनी है
हक़ीक़त तो तपिश ही है ।

अनंत आकाश की ऊँचाई
की ओर देख कर सोचती हूँ
ये मेरी ओर ही देख रहा है

वायदा है हमारा तुझसे
मिलने का एक दिन।

३२

ऐ ज़िन्दगी

ऐ ज़िंदगी
कई बार पूछा है तुझसे,
कि तेरे फैसले और फासले अलग क्यों है?

वो बोली मैं सबके लिए एक जैसी ही हूँ।
बस तू जैसा मुझे देखे मैं वैसी हूँ,

किसी के लिये प्यारी सी सुबह हूँ,
तो किसी के लिये उदास शाम भी हूँ,

तपती दोपहर को मैं रोक सकती नहीं,
पाँव अगर तेरे जलते है तो सब्र की चादर ओढ़
इन्तज़ार कर बादलों के बरसने का
कोई तो धरती में उगेगा पौधा खुशी का
मैं तो बस तेरे धैर्य का इम्तहान लेती हूँ।

तुझे बार बार मैं ज़िन्दगी का आईना दिखाती हूँ,
जब तू आंसू बहाता है तो मैं भी उदास होती हूँ।
तेरी खुशी में मैं भी नाच उठती हूँ, पर तब,
तू मुझे देखता ही नहीं, तब मैं पराई लगती हूँ,

अरे क्यों इतना इतराता है, क्या ले कर आया था?

ऐ ज़िन्दगी तुझसे क्या पूछा था पर बताती नहीं
बस मुझे इतना तो बात दे एक बार कैसे जीऊं?

बात सुनकर वो मेरी हंस कर चली गई
बस इतना कह गई, समझ तेरी न आएगा पागल
जुर्म क्या था कि जाते जाते जीने की सज़ा दे गई?

३३

आंधी

वक़्त की दीवार ने तुम्हारी याद को दफ़ना दिया था,
अचानक ये कैसी चली आंधी कि दीवार ही ढ़ह गई !

३४

खुशी तुम कहाँ हो?

तुम कहाँ छिप जाती हो खुशी
मैं तुमको बार बार ढूढ़ती हूँ
कोई तो मुझे इसका पता बात दे
मेरे मधुर संगीत का साज़ थी वो

नदी के कल कल झरने सी
बहती थी तू मेरी रागिनी बन कर
कई बार मुझसे लिपट जाती थी
फूलो सी सुगन्ध सी लुभाती थी

प्यार की चाशनी में पगी हुई
मेरे होठों पर मधु बन कर
मुस्कान बन जाती थी और
मुझे प्रेम का संगीत सुनाती थी

बहुत ढूढ़ती हूँ कहाँ है "खुशी"
शायद.........
मेरे हृदय के किसी कोने में
अल्हड़ नायिका सी छिप गयी है

मैंने सदा तुमको चाहा है ...
फिर क्यों रूठ जाती हो बार बार

मेने सदा मुस्कुरा कर दिखाया है

अब धीरे से तुमने मुझे
प्यार से यूं बताया है.....
एक बार फिर से तो देखो मेरी तरफ
मैं आज भी तेरी मुस्कुराहट में हूँ

पर तुझे ही एक अरसे से
हँसते हुए न पाया है
मैं तेरे आंसुओ में दफन हो गयी
तेरे मन के कोने में छिपी हूँ

मुझे ग़म के इन आँसुओ में
इस तरह न भिगोकर ....
मुझे अस्तित्व विहीन करो

कि मैं किसी बच्चे की किलकारी हूँ
किसी के प्यार का भरोसा हूँ
किसी की ज़िन्दगी का प्यार हूँ
दीपों की रोशनी सी जगमगाहट हूँ
होली में किसी के प्यार का रंग हूँ

फिर क्यों न सारा जहां तुझे चाहेगा
खुशियों को अपने गले लगाएगा
ज़िन्दगी तू मुझे इससे दूर न
मुझे सबके दिलों मैं रहना है ।

३५

शिकायत

आईने से शिकायत है
ये सच कहता है कया ?
सच्चाई अब कहाँ
सुख देती है
हर जगह तो है झूठ
ये क्यों नहीं सीखा अभी तक
झूठ को सच कहना।

३६

चक्रव्यूह

अल्फ़ाज़ जब दिल मे उतरते है
ओढ़ लेती हूं सुकून की चादर
जब कभी लगता है घुट रहा है दम
तो अल्फाज़ कुछ ज़हर के कागज़ पर उड़ेल देती हूं ।
और बेचारा कागज कुछ नहीं बोलता
बस चुपचाप सहन करता है
कलम की चुभन।
और हम भी उसकी परवाह किये बिना
अपने जज़्बातों की स्याही उड़ेल देते है

अगर हमारी आंख जब होती है नम
डायरी का हर पन्ना पलट कर देख लेती हूँ
इसमें बहुत खुशी के पृष्ठ भी है,
बस उन्ही को बार बार पढ़ा करती हूँ

उस पल हँसी आ जाती है होठों पर
तब कहती है कलम कुछ लिखो ऐसा कि
पढ़कर मुस्कान बिखर जाए चेहरे पर
शायद यही ज़माने के दस्तूर हैं

कभी लगता है हम बेवजह ही लिख रहे हैं
ज़िन्दगी के शफा पर बेनूर सी कहानी

किससे पूछे खुशियों का पता
जब अंधेरो को ही पता नहीं रोशनी का?

रंजोगम जिनकी ज़िंदगी मे थे बस
उनसे कुछ हौसले तो मिले बस
इतना ही बहुत है चार दिन की ज़िन्दगी है
उलझनों में ही उलझ कर रह जाना है

खिजां के दौर में जिनसे भी मिले चमन
बहार में भी गुंचे जले जले से मिले
कश्तियाँ भी कई बार तूफ़ान से निकल जाती है

तूफान से बच के निकलना है
तो दरिया का झझावात तो सहना ही पड़ेगा
तुफानो से गुजरने वाले तूफान ही
साहिल का पता भी दे देते है

उसी पते को तो ढूढ़ रही हूँ जो
मिला नहीं अभी तक, मंदिर में हो शायद
पर वह भी नहीं,
वहाँ तो भगवान भी सोने चांदी के बना दिये,
क्या उनको भी आभूषण चाहिए?

न देखा किसी ने कि
किसी के घर मे दिया जला की नही
तभी से धूप वो ढूढ़ती हूँ जो ठिठुरते बदन
को गर्म अहसास का एक लिबास दे
तपन जिसको है बिना छत के उसे भी
एक छोटा सा मुहब्बतों का मकान दे

अपने ग़म कम नज़र आये जब
चींटी को बार बार पैरों से कुचलता देखा
पर बिना किसी फ़िक्र के चली जाती है
सोचती नही, अगले पल जिऊंगी या मरूँगी
फिर भी अपने बच्चों को भोजन खोजती
वो बस चलती चली जाती है ।

अब मुझे पता मिल गया, ज़िन्दगी का
बस इतनी सी है ज़िन्दगी ,
इसे जियो, न उलझो चक्रव्यूह में
वरना भूल जायेंगे अभिमन्यु की तरह
इससे निकलना।

३७

मेरे प्रभु

तन में प्रभु मेरे जब अंतिम सांस हो
मोह के नीर में शांत ठहराव हो
किसी से भी न हो वैमनस्य
न किसी के प्रति कषाय हो
मेरे होंठो पर सिर्फ़ पार्श्व का नाम हो

असीमित कामनाओं की चाह में
जलते रहे पग मेरे राह में
इस यात्रा का जब भी अंत हो
मुक्ति की हो बस कामना मुझे

जीवन का सुखद अंत हो
मेरे प्रभु,
तुझ से मिलन की
अंतिम मेरी अरदास हो

न हो संतप्त हृदय
न हो निराशाओं का अंधकार
बस तेरे प्रेम की रौशनी
मेरे नव जीवन का आधार हो ।

३८

बेनाम हो तुम

जगह ढूंढ़ती हूँ
पर कहीं भी नज़र आते नहीं
अब तो तुम बोलियां भी लगवाते हो
दर्शन जल्दी चाहिये तो टिकिट भी खरीदवाते हो

अब तो तुम्हारी आरती की
लगती है बोलियां अब तुम गरीबों के हो ही नहीं
तो संसार से गरीबी मिटाओ
कैसे कहूँ कि तुम सबके हो
अगर तुम सबके और सब तुम्हारे हो

तो तुम मधुमास में भी हो पतझर में भी हो
तुम आशा और विश्वास में हो
तुम छलकती आँखों में हो और
किसी की निश्छल हँसी में भी हो
सूरज चाँद धरती आकाश में हो
तुम बंधुओ के निश्छल मन में हो
निस्वार्थ सेवा भाव में हो
तुम ही संध्या प्रभात में भी हो
तुम संगीत के सुर ताल में भी हो

तुम धारा के हर प्रवाह में हो
तुम फूल और हर पात में हो
तुम करुणा और दया में भी हो
तुम धरती के हर कण कण में हो
तुम से जो रखता है सच्चा नाता
उसके ही हृदय के स्पन्दनमे हो
तुम श्रम की थकती हर देह में हो
सागर नदी पर्वत तरुवर में भी तुम

तुम बस नफ़रत और कलह में नही
बस प्यार के हर संबंध में हो
जीवन की डोर संभाले हो तुम
हमारी नैया के खेवनहार हो तुम
तुम सर्वशक्तिमान हो अवतार हो
शान्तधारा और तूफान में भी तुम
प्रलय के हर प्रपात में भी तुम ही हो
चैन अमन प्यार के संवाहक भी तुम
तुम इंसान के रूप में संसार में आते जाते
संसार के हर जीव में तुम ही हो

नाम है हज़ारो तुम्हारे पर मेरे लिये
बेनाम हो तुम, तुम सिर्फ मेरे ईश हो

३९

मन की अभिलाषा

संतापों की आहट सुनकर भी मुझको
हर पल का सुखमय आभार मिले
सुख दुख मन की ही की अनुभूति है
मन भावन अपना मधुमास मिले ।

धूप तप रही हो फिर भी मुझको
अम्बर की छाया का वरदान मिले
दुखों के भी बरसे बादल पर मुझको
प्रियजनों का बरखा सा प्यार मिले ।

मधुमास कहे पतझड़ बन जाऊं
तो भी मुझको सूखे पत्तों का संगीत मिले
जीवन को हर पल समरस कर दू
चाहें मुझको कितना भी संताप मिले ।

संघर्षों को अपना मनमीत बना लूं
बस इतनी और मन की अभिलाषा
जीवन की संध्या का हो जब भान मुझे
तब मेरी हर सांस में प्रभु का ही संगीत बजे ।

४०

दिये साथ मिल कर जलाएँ

मन के जुगनुओं से लेकर कुछ रोशनी
दिये साथ मिल कर जलाएँ
और मिलकर साथ हम
कोरोना को हरायें

ये वक्त है विपदा का
कहता है हम से दूरियाँ
है देहिक, मन की नही।

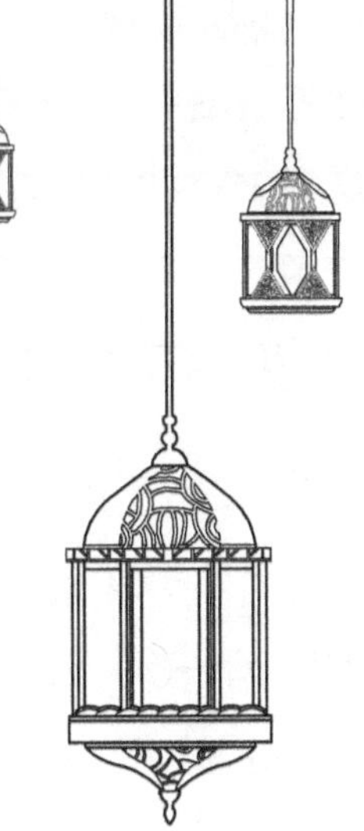

मिल कर दिखा दें संसार को
एकता का रँग और रुप
प्रकाश दिये का हो ऐसा
कि हार जाये तिमिर
कह उठे सूरज भी
ये कैसा है उजाला?

जिसने हर लिया मन का तिमिर सारा ।
दिये की रोशनी हो ऐसी
कि पल भर को कह उठे चांदनी
ये कौन है जो मेरे आशियाने में आ गया।

४१

नया वर्ष

काश थम जाता वक़्त तो
मै उसको रोक लेती मनाती
प्यार से उसको लगा लेती सीने से
पर ये वक़्त भला कभी किसी का हुआ है?
जो मुझसे प्रीत निभाता निर्मोही हो कर
मुझे हास्यास्पद बना कर चला जा रहा है।

उड़ते परिंदे की तरह दूर गगन में
उड़ते हुए देख रही हूं पर मेरी आवाज़
वहां तक नहीं पहुंच रही या वो मुझे
विस्मृत होकर पहचानते नहीं ।

साल पुराना हो गया जो कल तक नया था
पर कटु और मधुर यादे उपहार में दे गया ।
कई दोस्त बिछुड गये कई नये बन गये
पर यादें मधुर सब दे गये ।

जैसे पुराना साल भी कल पुराना हो जायेगा
तब सब बहुत उम्मीद से करेंगे नये साल का स्वागत
पुराने पल हमें यादे देते हैं और नये पल
देते हैं आशाओ का नया सवेरा ।

आओ मिलकर करे नये साल का स्वागत
उम्मीदो के आगंन में प्रेम के पुष्प खिलाएं
जातीयता की दीवार जो हमारे बीच है
पहले उसको हटायें, नई दुनिया बसायें ।

आध्यात्म कहता नहीं कि भगवान को
मोहरा बना कर आपस मे लड़ते रहो
करो इस बार कुछ ऐसा कि इस नये साल
को आपसी प्रेम से यादगार बनायें ।

सभी को दुआएं
नया साल खुशियाँ लेकरआये
हर सुबह नई लेकर आये खुशी
हर शाम चांदनी का दे पेगाम
शाम ढलने भी लगे तो उत्साह हो ।

४२

बापू लौट आओ

बापू आपका चश्मा अब धुंधला हो गया है
आज उसमें आपके सत्य अहिंसा की तस्वीर नहीं दिखती
अब वो पारदर्शी नहीं है ।
उसके पीछे अब असत्य हिंसा के तमाशे हो गए ।

बापू तुमने सिखाया सादा जीवन उच्च विचार
लेटिन हम भूल गये हैं अपने भारतीय संस्कार
आज हम इतने आधुनिक हो गए।

बापू आपकी लाठी चलने के लिए थी
अब आपसी वैमनस्य का उद्देश्य नज़र आता है
लाठी बुजुर्ग का सहारा है पर अब ये भी
झगड़े का माध्यम बन गयी है ।

और जो आपने चरखा सिखाया
वो हमको कहीं दिखता ही नहीं
वो सूत जो हमे एक सूत्र में बांधता था
उसकी डोर कमज़ोर हो गयी है
तभी तो सभी के अपने दूर होने लगे हैं
या यूँ कहे कि रिश्ते दूर हो गए।

तुम्हारे दो पगों में इतनी शक्ति थी चल पड़ते दूर
अब हमारे पांव वाहनों के सहारे हो गए।

बापू अब एक बार अपने भारत में लौट आओ
आकर नेताओ को कुछ तो सीख दो जो
अब अतिरेक सम्पति के मालिक हो गए।

आज़ादी का अलख तुमने जगाया और
कितने बेटे फाँसी पर चढ़ गए
कह गए वो ''वन्देमातरम' '
पर अब ये कहते हुए हम कुछ डरे डरे हो गए।

बापू नमन तुमको श्रद्धा से झुके सिर हमारे हो गए।

४३

हिंदी को उत्कृष्ट बनाओ

हिंदी का "ह" हृदय से जोड़ता है सबको
बड़ी ही सरल सुबोध है ये
क्लिष्ट लिखो या सरल, अर्थ नहीं बदलते
शब्दों का विशाल है भंडार
मात्राओं का सुंदर परिधान
प्रांतीय भाषाओं का भी है स्रोत है

किसी शब्द पर चंद्र बिंदी लगा दो
लग जाते है अक्षर पर चार चाँद

भाव एक पर अक्षर हिंदी के पास कई है
माँ कहो या अम्मा बस मातृत्व एक है
हिंदी के पास शब्दों का भंडार बहुत है

कभी जाओ वतन से दूर ये याद बहुत आती है
बच्चों को हिंदी लिखना पढ़ना सिखलाओ
उनके मन में हिंदी का सम्मान जगाओ
अंग्रेजी को मत कहो बुरा पर
हिंदी को तो उत्कृष्ट बनाओ

हिंदी जन जन की भाषा, माँ जैसा सम्मान करो
इसको राष्ट्र भाषा बनाओ।

४४

इक बार तो मुस्कुराइए

आ जाये कितने भी तूफ़ान तो घबराना नहीं
ये वक्त वो है जो
अपनों परायों की कराता है पहचान

अपने कभी भी दूर होते नहीं
बस होते है आपके दिल के पास
कोई होगी मजबूरियां उनकी
उनसे न करिए शिकायत
बस उन्हें दिल मे बसाए रखिये

जो करीब होकर भी दूरी बनाए हैं
उनसे भी नाराज़ होना नहीं
ये वक्त का तकाज़ा है सोचिये

कि ढलता सूरज भी सुबह के
आगोश में ही तो है
सुबह तो होगी ही तब तक
शीतल चांदनी का आनंद लीजिये
जीवन को आनंदमय बनाइये

आंसू आजाये तो मुस्कुरा कर देखिये
दूरियां बनाने वालों का फिर
नज़दीक आना भी देखिये

ज़िन्दगी बहुत खूबसूरत है
सिर्फ हमे अपने को ही बदलना है
चारों ओर बिखरीं है कितनी सम्पदायें
वो तो जो दी है भगवान ने अभी तक
देखी ही नहीं, खो जाइये अपने में

जाना तो सबको है जहां से
बस एक बार गले सबको लगाइए
जो रूठ गए वो अपने छूट गए हैं
इस क्षमा वाणी पर वो करें
मुझे क्षमा करें अनुमोदन है मेरा

बस एक बार तो मेरे लिये
अपने होठों पर मुस्कुराहट लाइये।

४५

अ से अः तक

अहम का करें त्याग

आगमन का करें स्वागत

इच्छाओं की कर तिलांजलि

ईमानदारी से जियो सदा

उठाये हर कदम

ऊंचाइयों के लिये

एकता का करे संवाहन

ऐनक भ्रम का उतार कर

ओम हो हर धर्म का प्रतिपादन

औरत का हो हर जगह सम्मान

अंग अंग हो स्फूर्ति का संचालक

अः बस हर पल वर दे सबको

मेरे मालिक, मेरे भगवान, मेरे ईश् ।

४६
क से ञ तक

कान्हा ब्रिज में ही रहना
खाकर कसम मेरी ,मत जाना मथुरा
गाती है गीत तुम्हारे राधा
घड़ी भर दूर नहीं रह सकती
ङ जैसा खालीपन जीवन में हो जाएगा।

चल कर आ जाएगी राधा सुन बांसुरी
छमछम कर पायल जब बजेगी राधा की
जब आओगे कृष्णा बृंदावन झूम उठेगा
झूम झूम कर हर मानस नाच उठेगा।

टूट न जाये माला कभी ये प्रेम की
ठान लिया है मन में तुमको पाने की
डूब गया पूरा बृंदावन तेरी यादों में
ढूढ़ लाओ कोई तो कान्हा को
'ण ' जैसी अधूरी बिन राधा तेरे।

तुम सुन लो पुकार अब तो
थम न जाए कहीं तुम्हारी बांसुरी
दे दिया है प्रेम इतना कि
धुन बाँसुरी की सुना भी दो अब
न जाना कभी तुम मेरे दिल से दूर।

पर तुम कभी रुठ न जाना मुझसे
फूल भी मुरझा जाते हैं तुम बिन
बस जाओ हृदय में मेरे ऐसे
भवरे जैसे बागों में बस जाये
मन मेरा तेरे ही प्राणों में बसता है।

या तुम मुझे गहरी नींद सुला जाओ
राधा राधा कह कर एक बार
ले जाओ तुम अपनी यादें
वो मुझे चैन से जीने नहीं देंगी
शमा की तरह जल जाऊँगी।

ष का अकेले अस्तित्व नहीं है
साथ न छोड़ना कभी तुम
हमारी मथुरा में जो कभी याद आये।

क्षमा कर ही देना भूल मेरी
तृष्णा है हमेशा तुम्हे मन में बसाऊं
ज्ञान का दीपक सदा सबके दिलो में जलता रहे ।

४७

प्रार्थना

बाल क्रीडाओं से सम्मोहित करने वाले गोपाल

अच्युत हो तुम ,द्रोपदी के चीर को बढ़ाने वाले
अजया,अनंता,अजंमा,अनंत और असीम
अनिरुद्ध बन गए गीता का सन्देश देकर

देवकीनंदन ,देवकी के दुलारे,दानवेन्द्रो तुम
कौरवों को पराजय दिलाकर जयन्त:बन गए

पार्थसारथी ,तुम स्वम बन गए शनतह,
किया कंस का वध कहलाये कामसांतक

गोविंदा तुम थे गोपियों के कमलनयन
मुरली की धुन से मन हरने वाले मुरलीमनोहर

सुमेध,नारायण,त्रिविकृमा, बनवारी,अजेय।
कितने ही नामों से पुकार लो सर्वव्यापी हो
सुनो हमारी प्रार्थना संसार में सुख शांति दो

अरज नहीं करेंगे कि गोवर्धन उठाओ

बस अम्बर से इस सूखी प्रथ्वी को जल दो
जहाँ उफ़ान पर है नदियां उनको शांत करो

जगन्नाथ हो तुम जगत का करो उद्धार सुदर्शन
विश्व कर्मा हो तुम हो विश्व रूप भी तुम
सहस्त्राकाश, प्रजापति हमें सही मार्गदर्शन दो

४८

इंतज़ार

एक दिन ज़रूर आएगा जहां आज सी दूरियाँ न होंगी,
उस सुबह के इंतज़ार में हम जिये जा रहे है l

न होगा किसी महामारी का कहर l
भौतिकता के सपनों को जीतेरहें हैं हम,
न सोचा कभी कि हम
जा रहे है किस धरातल में?

जागे न अभी भी तो बचा न पायेगे हम,
अपने को और न अपनों को ही l

आइये एक जुट हो जाये हम इस से निपटनेके लिये,l
स्वस्थ रहिए ताकि ये बीमारी हमे अपनी चपेट मेंन ले l

सब कुछ बिखर गया है
अब हमें समेटने में वक़्त लगेगा।

आइये मिल कर आव्हानकरें
कि प्रदूषणको दूर करने में अपना योगदान देंगे।
अब हमें अपनी संस्कृति को बचाए रखने के लिए
भौतिक परिवेश से बाहर आना पड़ेगा
तभी हम इस जंग से बाहर निकल पायेगे l

४९

आज़ाद हैं हम आज़ाद रहेंगे

आज़ादी की सुबह ये कुछ इस तरह से संदेश लायी है,
आज बहिन ने भी रक्षा सूत्र बांध दिया है।

बदले मैं न चाहिये उसको उपहार कोई,
बस भाई के चेहरे पर हंसी रहे हमेशा
बस यही दुआ मांगी है भगवान से और न कुछ मांगा है।

सूरज भी कर देता है उन्मुक्त अपनी किरणों को
ताकि हो जाये चारो दिशाओं में उजाला
तिमिर के अज्ञान को विलुप्त कर के दिशाएं।

झूम कर कह उठे बादलों से प्रेम बरसा दो
मेरी धरती पर,पर्वतों से कह दो न झुकना कभी
सरिता से कह दो समुंदर के आगोश में प्यार का गीत गाये,
पेड़ भी नाचे झूम जाएँ
मयूर मन का नाच ले पपीहा गुनगुनाये
न फैले नफरत कभी मेरे प्यारे देश में
न जातियों का, न धर्म का हो कभी झगड़ा।

आज़ाद हो जाये वैमनस्य से, ईर्ष्या भाव से
भारत हो आज़ाद हर बुराई से,
साम्प्रदायिकता के कुप्रभाव से,
बैर के संताप से,

धरा में होता है अंकुरित कोई बीज तो
सूरज की किरण ने नहीं पूछा कभी
उसकी जाति क्या, न पूछा धर्म कभी
पर जब जन्म इंसान ने लिया, तब वो बंट गया
बन गया हिन्दू मुसलमान पारसी ईसाई।

चढ़ गए जो फांसी के फंदे पर
वो भी किसी के लाल थे,
हो गए शहीद वतन के लिये
कहा उनकी माँओ ने कि वतन रहना चाहिए
फूल तो फिर से आजायेंगे ये बाग़ रहना चाहिए।

सदियों तक लहराए तिरंगा भारत का मेरे
सम्मान पूरे संसार में होना चाहिए।

मर मिटे हम देश की आन बान शान के लिये
बस मेरा महान देश भारत सदैव रहना चाहिए
हिमालय से ऊंचा मेरा नेक इरादा रहना चाहिए।

पर्वतों की श्रृंखलाये भी कह उठे संकल्प
को मेरे देख कर , कि दुनियां में प्यार ऐसा ही रहना चाहिए।

तोड़ दो दीवार नफ़रत की
तिमिर न कभी अशिक्षा का रहना चाहिए
एकता,समभाव, मैत्री,का ही रहना चाहिये
प्राण जब निकले तब धरा तेरी ही होनी चाहिए।

५०

कामना

सुख हो तो खुश, दुःख हो तो खुश,
दोनों को गले लगा लो।

ज़िन्दगी तो सुखदुख का समन्वय है,
बिना एक के कठिन है जीवन,
नफ़रत से देखो तो बेनूर,
प्यार से देखो तो है ख़ूबसूरत।

तो क्यों न देखें सुंदरता फूलों में ,
क्यों न बिखेरें खुशबू प्यार की,

आओ मिलकर लगा ले गले उनको,
जो है लाचार मजबूर, और बेसहारा।
आज को जी लो पल पल,
कल किसने देखा है?
सच है बस ये पल।

रूठ न जाये कोई अपना,
हर अपने के मन की पीड़ा को हर ले।

वर दो मुझको ईश्वर कि मैं मुझाइ हर लता में
प्रेम का संचार कर दूँ।

५१

आओ बनायें ऐसा जहाँ

कहा बादलों से झूम कर बरसो,
वो ऐसे बरसे कि बस्ती ही बह गई,
मकान सभी बह गए,
बस नींव रह गई।

तो लगा कि,
संस्कारों की नींव कभी ढहती नहीं,
आजाये तूफान या जलजले,
बदल जाये स्थान, बस जाए विदेश में,
संस्कार सदैव साथ रहते हैं।

समय से पहले नई पीढ़ी को सबक दो,
ऐसा कि वे सीख ले सारी अपनी परंपरा।

मन में न करो संताप कि उजड़ गयी बस्ती
साथ मिलकर फिर से बसायेंगे
यहाँ एक विद्यालय भी बनायेंगे निशुल्क
और एक अस्पताल भी, मुफ़्तसेवा का
स्वास्थ्य हेतु एक व्यायाम शाला भी
एक सुंदर बगीचाभी गुलाबों वाला।

पर नहीं बनायेगे कभी वृद्धाश्रम,
घर में ही बुज़ुर्गों को आदर सम्मान देंगें,
हम सबको यही जो सिखाएंगे।

आओ बनायें ऐसा ही प्यारा जहाँ,

जहा प्यार ही प्यार हो ,
जहां पेड़ों के झुरमुट हो बहार हो,
गांधी की स्वच्छता का अभियान हो,
हर चेहरे पर प्यारी सी मुस्कान हो,
हर दुल्हन के चेहरे पर खुशी का हो आभास,
सासु मां सी लगे,
और बालिका भी हो सुरक्षित, जाए स्कूल,
शिक्षा का खूब प्रचार प्रसार हो।

५२

माँ

"माँ"
शब्द बहुत है छोटा
पर अर्थ बहुत है गहरा

गोदी मिलती हैं जिसको माँ की
वो भाग्यवान हैं , धनवान हैं

तेरे चरणों की मिल जाये धूल अगर माँ
जीवन के सारेतप के फल मिल जाते हैं

जिस पल हो सिर पर हाथ तेरा
वो पल सबसे सुंदरतम पल है

अतुलनीय है ममता जिसकी
अलंकार सब फीके पड़ जाते हैं

निशब्द हो गई है कलम मेरी,
आँखे ही कह पाती हैं ,

कि माँ,
तुम सिर्फ माँ हो।

५३
मैं भी माँ हूँ

बादल ने पूछा धरती से

तुम इतनी सहनशील कैसे रहती हो?
में बदली बरसा दूं तो तुम
मिटटी की सुगन्ध बिखेर देती हो?
झूम झूम कर बरसूं तो जल समेट लेती हो?
बरसा दूं ओले तो दर्द सहकर भी कुछ नहीं कहती हो?

धरती मुस्काई ,
बोली,
तुम भी तो पिता की तरह,
बच्चों के लालन पालन को ,
प्यार सदैव बरसाते हो।

मैं भी माँ हूँ,

अपने सीने पर इनकी ख़ातिर अन्न उगाती हूँ,
सहती हूँ पेड़ों का भार,
फल का भी सहते वे भी भार,
झुक कर अभिवादन करते, मैं कृतज्ञ हो जाती हूँ।

पर जब काटे पेड़ कोई मेरा तो सह नहीं पाती,
लेकिन जब हो जाता है षोषण मेरा,
तब कभी कभी विस्फोटक बन जाती हूँ,
उथल पुथल होती सीने में मेरे,
भूकंप कभी कभी ले आती हूं।

मैं भी माँ हूँ,

इसीलिये तो फिर से चुप हो जाती हूँ

५४

बचपन के दिन

कल याद आ गया मुझको भी अपना बचपन,
खुश हुई बहुत पर आँख तनिक सी भर आयी।

गांवों की पगडण्डी पर दिन भर दौड़ा करती,
कुछ बच्चों की दीदी थी,
और दादी की थी राजदुलारी।

रोज़ सुनती छत पर दादाजी से परियों की कहानी,
झलते रहते वो पंखा पर थक कर मैं सो जाती।

घर कच्चे थे चाची लीपा करती गोबर से आंगन,
मैं नन्हे कदमों से उस पर थाप लगाती,
फिर भी वे हँस के "लाड़ो" कह कर मनुहार लगाती।

खेतों पर सरसों जब खिलती मन आल्हादित हो जाता,
तितली देख डर जाती मुझसे,
मैं उसके पीछे दौड़ लगाती।

माँ कान पकड़ कर लाती घर मुझको कहती बार बार,
लाड़ो तुम लड़की हो चूल्हा चौका सीखो,

पर आज़ाद थी मैं,
तब आज सा दरिंदो का डर नहीं था।

कितने प्यारे थे वो दिन जब
दादी मुझको ढूंढ ढूंढ थक जाती,

कब तक याद करूं वो दिन
बस आँख मेरी भर आती।

५५

परियों सी होती हैं बेटियाँ

सौभाग्यशाली होते हैं वो जिनके घर होती,
प्यारी दुलारी बेटियाँ।

संगीत बन कर दिल में बस जाती,
हमारे होठों पर खुशी,
लाती हैं बेटियाँ।

हमारे दुखों को प्यार से कम करती,
आँख में कभी आँसू नहीं,
आने देती हैं बेटियाँ।

आंगन में धूप हो तो दरख़्त बन जाती,
जाड़ो मैं गुनगुनी धूप,
बन जाती है बेटियाँ।

मन संतप्त हो तो शीतल चांदनी,
उगते सूरज की लालिमा सी सौन्दर्यमयी,
कचनार सी बहुत प्यारी होती है बेटियाँ।

हर आंगन मैं तुलसी की विरवा,
पापा की लाड़ो बड़ी नटखट सी,
भाई की कलाई की डोरी होती,
मम्मी की आँख का नूर होती है बेटियाँ।

माँ की गोद को भाग्यशाली बनाती,
दादी को उंगली पकड़ कर चलातीं,
दादा की ऐनक बार बार ढूढ़ती है बेटियाँ।

बस जब होती है मायके से विदा तब,
बहुत रुलाती हैं ये प्यारी सी बेटियाँ।

डोली में बैठ कर मुड़ मुड़ कर देखती हैं,
लगता है तब, ये रस्मअदायगी क्यों बनी,
याद आती है इसी तरह अपनी भी विदाई,
सुसराल जाके ख़ूब रिश्ते निभाती हैं बेटियाँ।

सोचती हूँ ,इनके बिना नहीं चलता संसार,
तो क्यों न इन्हें रखे सुरक्षित हर माँ की कोख में,
करो स्वागत बहुत इनके आगमन पर,
शिक्षा दिलाओ इनको चरम तक पहुचाओ,
ये चमकता सूरज बनेंगी, चंद्रमा की रोशनी हैं बेटियाँ।

५६

अरे माली

अरे माली,
खड़ा तू सोचता क्या?
कलियाँ जो उपवन में पुष्प बन इठला रहीं हैं,
ना दीं होंती टहनियों को ताकत भला ये पुष्प बनतीं कभी?

अरे माली,
जो रोंप दिया वह अंकुरित होता है सदा ,
लेकिन कितनीं है कन्यायें अजन्मीं

काश !
परिवारो कों वह महकाती यहाँ।

५७

नारी दिवस

दरख़्त सी मज़बूत नारी,

घर के हर सदस्य के मिज़ाज को
मुस्कुराते हुए सहन करती नारी,

कष्टो को अंतर तक भेदने पर
मुस्कुराती हुई नारी,

धरती जैसा धैर्य है जिसमें पर
बच्चों के आसुओं से
विचलित होती नारी,

क्या ऐसी सशक्त नारी के
लिये एक ही दिन काफ़ी है
उसकी महत्ता को स्वीकार करने के लिये?

५८

भादों की स्याह रात

शायद भादों की स्याह रात में
जन्म हुआ मेरा
शायद इसलिये कि
अम्मा को मेरा जन्म दिन ही याद नहीं
बेटी जो थी,

जननी और जन्म भूमि पर भार
न बजी कोई कांसे की थाली
न बटी कोई मिठाई
चेहरे पर सबके थी उदासी
बेटी जो थी,

पर अम्मा तुमको बहुत बहुत बधाई
कि तुमने भविष्य की जननी को जन्म दिया

तुम अगर न होती बेटी किसी की
तो मैं भीइस धरती पर न आती
न मेरे आंगन में खिलती कलियां
और न मैं अपनी बगिया सुंदर बना पाती

मै ऋणी हूँ
तुम्हारी बस यही सोच आँखे भर आती ।

५९

भरोसा

न कहो बेटी को परायी अमानत
ये है दो घर की शोभा
बेटी बिन घर सूना
ये है पापा की दुलारी
माँ की बहुत प्यारी

होता है घर के हर कोने से प्यार
आती है जब पूछता है कोना कोना
थी तुम कहाँ न आई पापा की याद
तुम्हारी भींग जाती पलके
आने का भरोसा दे तुम फिर से चली जाती

६०

मैं लड़की हूं

मैं मम्मी की प्यारी गुड़िया,
पापा की परी हूँ,

रोज़ शाम को गार्डन में जाती,
तितली मुझको बहुत भगाती

पर पकड़ न आती

इतने प्यारे हैं पंख इसके
मन करता है मै भी पंख लगा कर उड़ जाऊ

मम्मी कहती तुम लड़की हो
उड़ना मत सीखो

बात मेरी समझ न आती

पर मैं तो आसमान मे एक दिन
देख लेना हवाई जहाज उड़ाऊंगी।

फूल तोड़ जब लाती
मम्मी कहती मत तोड़ो

इनमें जीवन है, मुझे तब बहुत हंसी आती
क्या ये भी मछली है?
अगर जान है इनमें तो

सब क्यों रोज़ सवेरे तोड़ा करते हैं
मम्मी कहती सब मन्दिर ले जाते हैं

क्यूं करते हैं अलग डाली से इनको

कितने सुंदर लगते हैं ये बागों में
क्या ये बात किसी को समझ न आती।

६१

गुज़रे लम्हे

पल एक नहीं लगता कि रिश्ते टूट जाते हैं
पूरी ज़िंदगी चली जाती है उनको निभाने में
चाहा था दिल ने बहुत तुमको एक बार करीब से देखे
निगाहे उठी ही थीं की रूख़सती का वक़्त आ गया ।

टूट कर चाहा था तुमको पता न था किस्मत की बेवफाई का
रूठ जाता है कोई इस तरह कि देखा फिर पलट कर नहीं
ख्वाब है अधूरे पर कोई मेरी आखों से चुरा नही सकता
आज भी सपने बनकर जिया करता है, कोई मेरी आंखों में।

दर्द की परवाह कौन करता है वो तो मेरी सांसों में बसा है
बस हमे तो इंतजार है दर्द का हद से गुजर जाने का
दिल में तेरी यादों का बसेरा है तभी तो जी रहें हैं
वरना धड़कनों का हिसाब भला हम क्योंरखते?

दस्तक देते रहो दिल की दहलीज़ पर वरना
ये बेसब्र हो कर कही धड़कना ही न भूल जाए
रूह तक उतरने की इजाजत तुम्हें दी है हमने
गुज़रे लम्हे ही तो मेरे दिल को आबाद करते है।

किसी के बिछड़ जाने से ज़िंदगी खत्म नहीं होती
याद जब आती है तो जीने की आस बन जाती है
बहाने और होते नहीं जीने के जब तो तेरी यादें
हमे जीना सिखा कर बार बार अपने पास बुलाती है ।

खंड ब

कहानियाँ

१

यादों के झरोखे से

"अरे क्या हुआ सुबह उठते ही क्यों रोने लगी हो? बोलो! अरे बोलो भी! मेरा तो दिल बैठा जा रहा है। अरे देखो तो सही आज कितनी अच्छी चाय बनाई है तुम्हारे लिए।"

"हू! चाय की खुशबू बहुत अच्छी आ रही है।" मुस्कुराते हुए मैनें कहा "कोई सपना देखा था अभी।"

"ओह! तो हमारी मैडम अभी भी सपने देखती हैं।"

"हां हां, क्यों नहीं? तो मैं अब कोई सपना भीं नहीं देख सकती?"

"अरे, नाराज न हो। चलो। अरे बताइए की सपने मैं आपने किसे देख लिया कौन हमारे अलावा आपके सपने मैं आने की गुस्ताखी कर गया, जरा मैं भी तो सुनू?"

"अरे बोलते ही रहोगे कि कुछ सुनोगे भी? कुछ दिनों से मुझे अपने गांव की याद आ रही है। मैनें सपने मैं देखा कि मेरा बचपन का गाव डूब गया है। बाबूजी का घर पूरी तरह टूट कर बिखर गया है। क्या एक बार मुझे अपना घर दिखाने ले चलेंगे?"

"अरे मिनी, क्या करोगी जाकर? अब कोई हमे पहिचानेगा क्या?"

"रहने दीजिए। बाते न बनाइए। क्या आप मेरी इतनी सी इच्छा पूरी नहीं कर सकते?" मैनें नाराज़ होते हुए कहा।

"अच्छा, इस रविवार को ही चलते हैं।" वे मनुहार करते हुए बोले ।

मेरे चहरे पर मुस्कान देख कर इनका चेहरा खिल उठा।

रविवार भी आ गया। हम खुशी खुशी एक अरसे बाद गांव चल दिए। रास्ते मैं दोनो तरफ सरसों के खेत देखकर मुझे बहुत कुछ याद आता रहा, कभी कभी मेरी आंखे नम हो जाती।

आखिरी बार बाबूजी की अंतिम विदाई के समय ही गई थी। अम्मा की याद नहीं कब मुझे छोड़ कर संसार से अलविदा कह गई। बाबूजी ने मां का भी प्यार दिया।

कितनी बार कहा शहर मैं हमारे साथ रहिए। पर राजी नहीं हुए। कहते "बेटा, इसी घर मैं सुकून से विदा होना चाहता हूं"। मैं भी ज़िद न कर पाई।

सोचते सोचते गांव भी पास आ गया ।

"सुनिए, जरा गाड़ी रोकिए। माली काका का घर है, उनसे मिलते चले।"

दरवाजा खटखटाया तो बच्चे ने दरवाजा खोला। मैंने कहा "बेटा दादा जी को बुलाओ।"

बड़ी सहजता से कहा उसने "अरे वो तो भगवान के पास चले गए।"

"ओह! तो घर मैं कौन है? बुलाओ किसी को।"

बच्चा अंदर गया तो साथ मैं एक महिला चली आई जिसे मैंने पहिले नहीं देखा था। वो बोली "मैं काका की बहु हूं।"

"तुम्हारे पति कहाँ हैं?"

भरे गले से बोली "वो नहीं रहे।"

ये सुनकर तो मुझे लगा इतना सब हो गयाकिसी ने बताया ही नहीं।

मैंने पूछा "बच्चा कौन सी कक्षा मैं है?"

"अरे, इनकी मृत्यु के बाद स्कूल नहीं गया।"

"क्यूँ? अब बच्चों की फीस कहां लगती है?"

वो बोली "सो तो है, पर हम दोनों मजदूरी करते हैं। समय नहीं है स्कूल जाने का।"

सुन कर मन भीग गया । कहूं भी तो क्यासहानुभूति के शब्द भी कम पड़ गए। मैनें बच्चे को गोदी लेते हुए उससे पूछा "क्यों, स्कूल जाओगे?"

उसके चहरे की मुस्कान देख कर लगा कि जैसे वो मुझसे स्कूल जाने की कह रहा हो।

मैंने उसकी मां से कहा "सुनो, हम घूम कर आते है। अपना सामान संभालो। तुम को हमारे साथ चलना है। शहर में बच्चे को हम पढ़ाएंगे।" उस की आखों में खुशी केआंसूं थे। बोली, "दीदी आप कितनी अच्छी हैं।"

"अरे, ऐसा कुछ नहीं।"

मेरी ओर देखते हुए शिकायत भरे लहजे से कहा "सच मैं...." मैंनें कहा "हां हां कोई शक है क्या ?"

गांव में अपना घर देखकर रुलाई न रुकी। बाबूजी की याद घर में बिखरी पड़ी थी। ये बोले, "सुनो जो अच्छा लगे सामान रख दो गाड़ी मैं।" मैंने बाबूजी की फोटो उठाई और रख ली। उनकी एक छड़ी भी रख ली। सोचा यही तो मुझे एक दिन सहारा देगी। पूरे गांव में मुझे कोई पहिचानता ही नहीं। मैंने कहा "चलिए।" और भारी मन से चल दी।

पर कदमों में तेजी थी। अपने निर्णय पर अडिग होते हुए उस प्यारे बच्चे को उसकी मां के साथ हम घर आ गए, एक विजयी योद्धा की तरह। अब मेरा सपना सच ही होगा। गांव की याद शायद इसीलिए आ रही थी कि इस प्यारे बच्चे को मुझे पढ़ा लिखा कर इंजीनियर जो बनाना था।

आज मेरा बेटा विकास उच्च पद पर है। मुझे उस पर गर्व है।

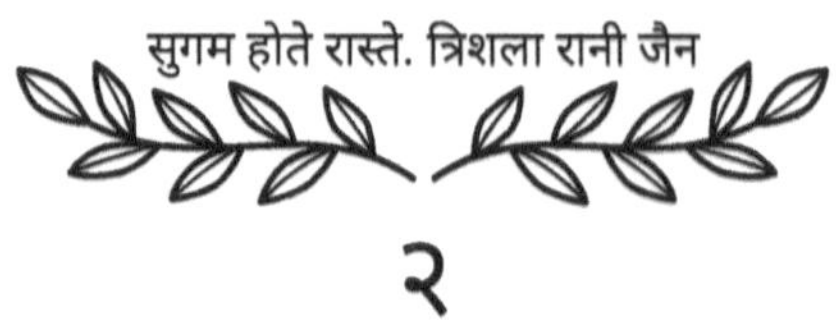

२

क्षितिज के उस पार

"अजी सुनते हैं सुहानी के पापा? कब से बोले जा रही हूं, बस पेपर में आखें लगाए रहेंगे? कभी कोई ज़रूरी बात भी न सुनेंगे?"

"अब तो बोलो भी या यूँ ही बोलती रहोगी? कहो, क्या बात है?"

"मैं कह रही हूं कि सुहानी के लिए कोई लड़का ढूढ़ो, वो अब २५ साल की हो गई है।"

"ठीक है देखते है पर हमारी बेटी तो इतनी सुंदर है कि लड़को की लाइन लग जाएगी। परसों जो रिश्ता आया था उसे आगे बढ़ाते हैं।"

मैं सुनकर नाराज़ हो गई "अजी, आपकी लाड़ली ने मना कर तो दिया की उसे वो लड़का पसंद नहीं। अब बताओ उसके लिए राजकुमार कहां से लाए?"

सच कहती है मम्मी मुझे कोई लड़का पसंद ही नहीं आता हैं अजय मन में बसा था, मेरी किस्मत ही ऐसी थी कि मैं उसे न पा सकी। बालकनी में बैठी हूं। संध्या के अंतिम प्रहर में सूरज की लालिमा कितनी सुंदर लगती है। ऐसा लगता है क्षितिज के उस पार धरती और आकाश मिलते हैं। पर सच तो ये है कि ये हमारा भ्रम है। धरती आकाश कभी नहीं मिलते। इसी तरह हम और अजय नहीं मिल सके।

दूर के रिश्ते की मामी के साथ मेरे घर आये थे अजय। १५ दिनों में ही हम दोनो कितना घुल मिल गए थे, लगता था बरसों की पहचान है। सीढ़ी चढ़ते हुए पाँव मुड़ गया था। अपने कंधे पर सहारा लेकर आए थे नीचे। मैं सोच रही थी कि काश ये सहारा जीवन भर मिले, पर नियति को मंजूर नहीं था।

मामी ने ये रिश्ता न होने दिया, कहा कि भाई की शादी रिश्तेदारी में न होने दूँगी।

दो साल बाद अजय की शादी हो गई। मैनें फोन पर बधाई दी तो वो रो पड़े थे। मेरे आंसूं तो मेरा साथ ही नहीं दे रहे थे। वक्त गुज़रता गया, मैं हर रिश्ते को मना करती रही।

देखते देखते मेरे लिए रिश्ते आना ही बंद हो गए। मां ने कहना भी बंद कर दिया। अजय ने कई बार फोन पर मुझे कहा "सुहानी अब शादी कर लो, हम हमेशा अच्छे मित्र बने रहेंगे।" मैं सुनकर चुप हो जाती। इस बार तो अजय ने अपनी कसम ही दे दी। ये कसम अब निभानी थी।

न जाने कहां अतीत में खो गई। बेटा आवाज दे रहा था मैं सुन ही नहीं पाई। लगा मैं क्यूँ आज भी यादों में खो जाती हूँ? मैंने पूछा "विपुल कहां है?" बेटा बोला "मम्मी, पापा कही गए हैं।" अब मैं जान चुकी हूं कि वो कहाँ जाने लगे हैं।

शादी के कुछ साल तो बहुत अच्छे गुज़रे। मैं भी अजय को भूल सी गई। लेकिन दस साल बाद विपुल के व्यवहार में अंतर आने लगा। अब वो मेरा खयाल ही न रखते। संबंधो में नीरसता आने लगी। मैं कुछ समझ ही न पाई कि कहां कमी रह गई। मैं पूरे समर्पित भाव से उनकी और बेटे की देखभाल कर रही थी। फिर इसके बाद भी विपुल की ज़िंदगी में किसी और ने मेरी जगह ले ली। ईश्वर ने मुझे सुंदर तो बनाया पर मुझे अच्छी तकदीर देना भूल गया।

मैंने वक्त से समझौता कर लिया। चुपचाप खामोश रह कर उनकी अवहेलना सहती रही। मैं पूरी रात आरामकुर्सी पर बैठ कर ही सो जाती। एक ही छत के नीचे हम दो अजनबी बन गए। धीरे धीरे और ज़्यादा कटुता आने लगी। मैनें घर छोड़ने का फैसला कर लिया। जाते वक़्त रोका भी नहीं। मैं चार महीने घर से दूर रही। इस बीच विपुल के बहुत बीमार होने की खबर मिली। दिल न माना, उनके पास वापिस आ गई। वो अब बिलकुल बिस्तर पर लग गए। दो दिलो में इतनी दूरियां आ चुकी थी कि मैं सिर्फ एक पत्नी की तरह देखभाल करती रही। पर नफरत के बोध से दबी जा रही थी। बस यही पूछना चाहती थी कि "विपुल में कहां गलत थी जो तुमने मेरे होते हुए मेरे हिस्से का प्यार किसी और को दे दिया।"

दिन यूं ही बीतते गए। अब वो शरीर से लाचार होकर चुप रहने लगे। कई बार सोचती में कई साल क्यू उनकी प्रताड़ना सहती रही। क्यू नहीं विरोध में चीखी।

"सुहानी, आज मेरे पास बैठो, पता नहीं तुम्हारा सुंदर चेहरा देख पाऊंगा कि नहीं।" बहुत अनुनय से विपुल बोले।

मैं खामोश थी। विपुल ने मेरे हाथ को कस के पकड़ा जैसे कह रहे हो "सुहानी मुझे रोक लो, मैं तुम्हारे साथ जीना चाहता हूँ।" आज भी उनकी वो आँखें मुझे सोने नहीं देती।

जाने से पहिले एक बार कहते "सुहानी मुझे माफ कर दो।" पर तुम्हारे विदा होने से पहले ही मैंने तुम्हे माफ कर दिया। मैं अब तुम्हारी कर्ज़दार नहीं हूँ। तुम जहां भी हो खुश रहो, पर अगले जन्म में तुम्हारे साथ की कामना नहीं करती। अतीत के पृष्ठ कोई पढ़ना न चाहे फिर भी ये बार बार स्मृतियों के तूफानों से विचलित कर देते है।

अब सूरज आसमान के आगोश में समा गया है। चंद्रमा की रोशनी बिखरने लगी है और में बेसुध सी होकर नींद की चादर ओढ लेना चाहती हूं। आखें है कि नींद से नाराज रहती हैं या नींद आखों से जिंदगी की शाम की तरह ढलने लगी है, और अंधेरे और गहरे होते जा रहे हैं।

३

चश्मा

आज रिंकू को आने दो आते ही कहती हूं बेटा जल्दी ही मेरा चश्मा बदलवा दो, अब आँखों से साफ नहीं दिखता।

लो आ भी गया रिंकू। आतुर होकर मैनें मन की बात कह डाली।

"अरे, माँ दो मिनट चैन से बैठने भी नहीं देती। कौन सी तुम्हे इस उम्र में कढाई सिलाई करनी है? और फिर इसबार बबलू की फीस भी भरनी है।"

"सही है बेटा।"

इतनी ही देर में बहूरानी गुस्से से बोली "अम्मा जी पचास खर्चे है आपको तो बस अपनी पड़ी रहती है। ये सुन कर मैं अपराध बोधिनी सी अपने कमरे में चली गई।"

"अरे सुनती हो रिंकू की माँ, तुम्हारा चश्मा गोल्डन फ्रेम का बदलना है इस बार।" मैनें कहा "नहीं जी इस बार रिंकू को नए कपड़े दिलवाना है।"

अतीत कभी पीछा नहीं छोड़ता। हर पल मेरे साथ रहता है। शायद इसीलिए तो मैं ज़िंदा हूँ।

तभी बबलू ने आवाज दी "दादी जल्दी आओ, मुझे आपके साथ ही खाना खाना है।" उसकी प्यारी सी आवाज़ सुनकर

भावविभोर सी हो गई मैं। सोचने लगी, कुछ भी तो नहीं बदला। पहले रिंकू मेरे हाथ से खाता था और अब मेरा नाती। लगता है उम्र के साथ मैं ही कुछ बदल गई हूं। सही तो है मुझे कौन सिलाई कढाई करना है? वक्त के साथ सोच बदल लेनी चाहिए। रिंकू के पापा यही तो कहते थे।

ये बस सोच ही रही थी कि दौड़ता दौड़ता बबलू आया। आते ही मेरी आँखें बंद कर दी ठीक अपने दादा की तरह। जब वो मेरे लिये कुछ लाते कहते पहले अपनी आँखें तो बंद करो। बस पल भर आंखे बंद कर के अच्छा सा उपहार मिलता। क्या मेरा नाती भी मेरे लिये कुछ लाया है क्या? पल भर में कितने सपने सजा लिये।

"दादी आँखे खोलो" जैसे ही उसने कहा दिल धड़कने लगा। एक बार लगा उसके दादा ने कहा हो। जैसे ही आँखे खोली तो हाथ मे गोल्डन फर्म का चश्मा लिये खड़ा था। मेरी आँखों पर लगा कर बोला "दादी इससे मैं आपको साफ दिखाई दे रहा हूँ?"

मैंने उसे सीने से लगा लिया। मैनें कहा "अरे पगले तू तो मुझे हमेशा आँखों से नहीं दिल से दिखता है रे।"
मेरी आँखें भर आयी। खुशी में भी क्यो आँखे छलक जाती है?

"यही नहीं दादी पापा आपके लिये दीपावली पर नई साड़ी भी लाये है।" मैं हत्प्रत सी थी। ये बदलाव क्यों?

दूसरे कमरे से बहू के फ़ोन पर बात करने की आवाज़ आ रही थी। शायद अपनी माँ से बात कर रही थी। कह रही थी "मम्मी आपने मुझे सही समझाया था। मैंने आपकी बात पर गौर किया। अपनी गलती समझ आयी।अब मैं अपनी सास माँ की ज़रूरतों का बहुत ध्यान रखूंगी। मम्मी मैं अपनी गलती का सुधार करूंगी।" फोन रख कर मेरे पास आयी और बोली "माँ चलो नाश्ता तैयार है"।

मैनें हमेशा की तरह कहा "तुम लोग करो, मैं बाद में खा लूंगी।"

वो बोली "नहीं आज से सब साथ खाया करेंगे।"

मैं सोच रही थी कि हर माँ अपनी बेटी को इसी तरह अच्छी शिक्षा दे तो सारे क्लेश ही खत्म हो जाएँ।

बहू ने कहा "माँ क्या सोच रही हो? आज पापा की पुण्यतिथि है, मंदिर जाकर अनाथालय भी चलना है। जाकर बच्चों को खाना खिलाएंगे। हो सकता आज उनकी पुण्यतिथि का ही प्रभाव है। रिंकू ज़ोर से आवाज़ लगा रहा था "अरे माँ जल्दी आओ नाश्ता ठंडा हो रहा है।" लगता है अब अपने पापा की तरह मेरे बिना नहीं खायेगा।

और मेरे होठों पर मुस्कान आ गई है।

४

ऐसा भी होता है ?

जाड़ो की गुनगुनी धूप में बैठने का आनंद ही कुछ और है। बड़े शहरों में ये सुख कहाँ? हिमेश का ट्रांसफर अभी सात दिन पहिले ही मथुरा हुआ है। सामने की छत से किसी बच्चे की आवाज़ आ रही है। मेरा मन बेचैन हो उठा है। शादी को सात बरस हो गए बच्चे की किलकारी को मन तरस गया है।

थोड़ी देर बाद बच्चे की शायद माँ आयी उसने गोदी उठाया। मैनें उसे आवाज़ दी। वो मेरी मुंडेर के पास आयी। मैनें कहा "आप इसे छत पर छोड़ देती हैं? अगर बंदर काट ले तो?"

उसने कहा "अच्छा हो कि बंदर इसे उठा ही ले जाए"

मैनें उसे डाँटते हुए कहा "तुम कैसी मां हो?" ये सुनते ही रो पड़ी।

मैनें पूछा बेटा है या बेटी? वो बोली "दीदी बेटा होता तो क्यों ऐसा कहती? बेटी है और वो भी साँवली! दिन रात सास और मेरे पति मुझे कोसते रहते हैं। तीन बेटियां हो गयी हैं। कोई इसे गोदी नहीं उठाता। घर का काम करूँ कि इसे देखूं?"

मेरा मन बड़ा ही दुखी हो गया। भगवान जहाँ ज़रुरत है वहां तो तुम देते नहीं । हम दोनों बच्चे के लिये तरस रहे हैं। अगर

हमारे यहाँ दहेज प्रथा न होती तो शायद बेटियां बोझ न लगती। लेकिन रंग को लेकर भी? .... जान कर मन ... ।

शाम को जैसे ही हिमेश ऑफिस से आये, मेरा चेहरा देख कर बोले "क्या बात है रुचि, आज कुछ परेशान दिख रही हो?"

मैनें सब बात बताई। ये बोले कल जाकर बातों ही बातों में बच्चे की दादी को समझा कर आना। मैनें धीरे से हिमेश से पूछा कि "आप कह रहे थे कि हम कोई बच्चा गोद ले लें? हर बार मैं ही आपको मना कर देती हूँ।"

"अरे कोई नहीं देता अपने बच्चे को, पागल न बनो। चलो अपना मूड अच्छा करो। बाज़ार चलते हैं, तुमको अच्छी सी सिल्क की साड़ी दिलानी है।"

"मुझे नहीं चाहिए।"

इन्होंने मुस्कुरा कर मेरी तरफ देखा "अरे, आज तो हमारी मैडम को साड़ी तक का मोह नहीं है?"

ये जान कर भी मेरे दुख से अनजान बनना चाहते थे।

हिमेश को ये लगता है की मैं कैसे भी खुश रहूं। शायद बचपन से ही पुरुषों को अपना दर्द छिपाने की आदत सिखाई जाती है। ये तो महिलाएं ही होती है जो ज़रा सी बात पर रोने लगती हैं।

दूसरे दिन ही मैं पड़ोस मैं गयी, देखा बेचारी बच्ची अकेली लेटी है। जैसे ही मैं उसके पास गयी, पांच महीने की बच्ची मुझसे गोदी लेने के लिये मनुहार करने लगी। भगवान बच्चों को भी अपनी भाषा में बात करना सिखा देता है।

मैनें बच्ची को गोदी जैसे ही लिया मेरे सीने से वह चिपट गयी। मुझे तो लगा जैसे वो मेरे ही जिगर का टुकड़ा है।

बच्ची का रंग सांवला और नयन नक्श बड़े ही प्यारे थे। इतनी देर में ही उसकी दादी आ गयी। देखते ही बोली "क्या बताए हमारे बेटे को तो तीन लड़कियों ने घेर लिया। पता नहीं भगवान कौन से जन्म की दुश्मनी निभा रहा है। और ये तीसरी तो काली ही हुई है। ये कलमुँही मरती भी नहीं।" मैं सुनकर गुस्से से बोली "इसमें इसका क्या कसूर? अरे बड़ी होकर ये बहुत ही सुंदर बनेगी।"

वे मेरा उपहास करने लगी। मैनें बच्ची की दादी से पूछा "क्या मैं इसे अपने घर थोड़ी देर को ले जाऊं?" वो बोले "आप तो इसे ले ही जाओ ताकि बहु घर का काम कर सके। कौन इस बला को गोदी ले!"

मैं उसे रोज़ लाने लगी। हिमेश भी उसे बड़ा प्यार करते। उसके घर वाले उसे बुलाने का नाम न लेते। एक दिन बच्ची की दादी बोल उठी "आप इसे गोद ही ले लो।"
मैनें कहा कि उसकी मां से तो पूछ लो "क्या वो दे पाएगी?"

दूसरे दिन बच्ची की माँ ही उसे लेकर आ गयी। आते ही बोली "दीदी क्या आप सच में इसे गोद ले सकती है? दीदी आपके पास ये अच्छी तरह रहेगी। मैं तो इसे बैठ कर दूध भी नहीं पिला पाती।" उसकी आंखे बरसने लगी थी, "प्लीज दीदी आप इसे विधिवत गोद ले लीजिये"

मैं तो कुछ जवाब न दे पायी। वो बोली दीदी आप भी शायद इसके रंग के कारण इसे नहीं लेना चाहती। मैनें उसका हाथ थामा अब मैं भी ....
मैनें कहा "कैसी बातें करती हो? मुझे तो बच्ची बहुत प्यारी लगती है। इसका क्या नाम रखा है?"

वो बोली "दीदी कोई नाम नहीं रखा, सब इसे कल्लो कहते है।"
बोली "दीदी चलती हूँ।"
"अरे बारिश हो रही है कैसे जाओगी?..."

अरे, बादल तो नहीं थे, ये तो कही से काली बदरी आकर बरस गयी है। मेरे मन मैं खुशी का बादल था जोहिमेश से कह कर बरसना चाहता था। और उसमाँ की आंखों में भी सैलाब था। एक माँ अपने बच्चे की खुशी के लिए कितना बड़ा त्याग दे रही थी। मैं तो कृतज्ञ हो गयी।

सच में मां त्याग की ही मूर्ति होती है। और मैं तो जैसे खुशी से पागल सी हो रही थी।

दूसरे ही दिन बच्ची हमारे घर आ गयी।बच्ची की दादी और उसके पापा कभी उसे देखने नहीं आये। उसकी माँ ज़रूर आयी बोली "दीदी इसे दूध पिला दूँ?" मैनें मना नहीं किया मुझे लगा कि माँ का दूध मिलना ही चाहिए ।

कुछ दिन बाद उसका भी आना बन्द हो गया। मैनें भी नहीं बुलाया, अनजाना भय भी था कि कहीं उसकी ममता न उमड़ पड़े।

हिमेश ने खिलौनों से घर भर दिया। उन्होंने उसका नाम रखा..'मोहनी'। वो जैसे जैसे बड़ी हुई सच में सब का दिल मोहने लगी। कभी कभी उसकी माँ ज़रूर मेरी गोदी में उसे देखती तो मुस्कुरा देती, शायद वो संतुष्टि महसूस करती ।

दो साल बाद हिमेश का ट्रांसफर लखनऊ हो गया। इस बार जल्दी शहर छोड़ना अच्छा लगा। मोहनी धीरे धीरे बड़ी हो रही थी। मोहनी के आने से घर में रौनक आ गयी थी।

आजकल हिमेश तो जैसे पापा ही बन कर रह गए थे। अब नहीं कहते कि चलो साड़ी दिला दे। अजी! साहब को अपनी बिटिया से फुरसत ही नहीं थी।

समय पंख लगा कर उड़ने लगा ।

पढ़ाई मैं तो बहुत ही होशियार ..लो अब तो बस इंजीनियर बनने ही वाली है। अगर कहीं वो नौकरी पर बाहर गयी तो हम उसके बिना नहीं ही नहीं पाएंगे।

मैनें कितनी बार कहा की हिमेश अब इसकी शादी के लिये लड़का ढूढ़ना शुरू करे वो टालते, कहते अभी वो छोटी है। मैं जानती हूँ ये उससे से दूर नहीं रह सकते मोहनी भीअपनी पापा के बिना नहीं रह सकती।

पर एक दिन तो शादी हो कर उसे हमसे दूर जाना ही पड़ेगा, मैनें एक दिन हिमेश से कहा "जहां इसकी शादी होगी, हम उसी शहर में रहेंगे।" ये बोले "नहीं.. माता पिता को शादी के बाद थोड़ी दूरी बना कर रखनी चाहिए। आजकल हम समाज में जितनी भी तलाक की घटनाएं देख रहे है उनमे लड़के-लड़की के माता पिता का बहुत योगदान है।बच्चे जब बड़े हो जाए उनको अपनी ज़िन्दगी जीने दो।" मैं तो सुनकर दंग रह गयी। अरे, ये कब से इतने समहजदर पिता हो गए? मुझसे बोले "अब बेटी बड़ी हो गयी है उसे रसोई का काम भी सिखाओ। मेरी बेटी को सब आना चाहिए। बच्चों को पढाई के साथ साथ जीवन कौशल के अच्छे संस्कार भी देना चाहिए। अच्छे संस्कार, लड़का हो या लड़की दोनों के लिए ही ज़रूरी है।"

"ये तो सही है आजकल घर बहुत बिखर रहे हैं। क्या हम पश्चिम की नकल करने लगे हैं? आज हमारा जीवन स्तर बदल गया है। हम बहुत पाने की चाह में बहुत कुछ खोते जा रहे हैं।"

लो हम बाते कर ही रही थे कि मोहनी भी आ गयी। आते ही

बोली "अरे पापा मेरा रिजल्टआ गया, मैं कॉलेज में 85 प्रतिशत नंबर से पास हो गयी हूँ।"

मेरा मन गर्व से भर उठा। सच में बेटी है, तो कल है।

पर ये कल भी हमारा सुरक्षित होना चाहिये। मैनें मज़ाक मज़ाक में कहा "मोहनी, अब तो एक साल बाद तुम्हारी शादी करेंगे!" बस ये कहना था की बिटिया रोने ही लगी। मेरी आंखे भी बरसने लगी। सच, मैं सोच रही थी कि मेरी साँवली सलोनी बिटिया इतनी होशियार हो जाएगी मैनें तो ये सोचा भी नहीं था।

लेकिन हूँ तो माँ न, मन में बस यही चिंता थी कि शादी कब हो पाएगी। जहां भी रिश्ता की बात करते है, सब रंग भी पूछते हैं, पर बहुत अचम्भा तो जब हुआ जब एक सज्जन घर आये और बोले "बहुत बहुत बधाई। बेटी अब इंजीनियर बन गयी। मेरा बेटा आपकी बेटी की प्रशंसा कर रहा था। वो भी यहींएक कंपनी में मैनेजर है, आपकी बेटी ने उस कम्पनी में ट्रेनिंग की थी। उसको आपकी बेटी शादी के लिए पसंद है। यदि आपको और बेटी को ये रिश्ता पसंद हो तो बात आगे बढ़ाएंगे।"

मैनें कहा "जी हमारी बेटी का रंग सावला है।" वो बोले "मैडम ये सोच अब पुरानी हो गयी। मेरे बेटे ने कहा 'पापा लड़की बहुत आकर्षक है। ट्रेनिंग के समय मैनें उसका स्वभाव भी जाना। बहुत ही संवेदनशील है।"

मोहनी के जबाब का इंतज़ार था उसने भी मुस्का कर स्वीकृति दे दी। आज दो खुशियाँ पाकर मैनें हिमेश से कहा "क्यों जी, अब तो हमारी सिल्क की साड़ी आनी ही चाहिए।" ये हंसकर बोले "जब बेटी की शादी की खरीदारी होगी तो उसकी मम्मी को भी एक साड़ी तो दिलानी ही पड़ेगी।" मोहनी बोली "एक नहीं पापा, दो! पर पापा.....मैं मम्मी और आपको छोड़ पर नहीं जा सकती।"

"बेटा हम भी तो अपने माता पिता का घर छोड़कर आये थे। बस तुम्हारी योग्यता वहाँ है जहाँ तुम्हारा परिवार हमेशा तुमसे खुश रहे।"

हिमेश की आँखे ही छलक आई हैं, सोच रही हूँ ये बेटी को कैसे विदा करेंगे?

५

मॉर्निंग वॉक

"अरे जीजी,...... काहे दो तीन दिनों से दिखी नहीं ,कहीं गयी थी क्याँ ?"

ओह, पीछे मुड़ कर देखा तो शीला आवाज़ दे रही थी।

मन ही मन सोचा अब तो ये बस मेरा दिमाग ही खा जाएगी। लो, अब हो गया मेरा मोर्निंग वॉक! मैनें फीकी सी हँसी हंसते हुए कहा "अरे, कहाँ जाती? घर मे ही थी। बहू दो दिन को ऑफिस के काम से बाहर गयी थी, बेटा टूर पर पहिले से ही है। नाती के साथ कब समय निकल गया पता ही नहीं चला।"
"अरे दीदी हम तो कहते है कहीं तीर्थ चलो।"

"क्यों भला? हमे तो अपने नाती के साथ ही अच्छा लगे है। तो का करे जा के?"

शीला बोली "घूमेंगे फिरेंगे ऐश करेंगे और क्या?"

अब तो मैं मुस्कुरा दी। "अरे भगवान के दरबार मैं मस्ती नहीं भक्ति होती है।"

"का दीदी, कभी तो हँस लिया करो।"

"अरे, तुम्हारी तरह हम पर फिल्मों का असर नहीं है।"

"दीदी हम तो कहत है दो दिन की ज़िन्दगी है सो मस्ती से गुजार लो। अरे दीदी, तुमने बताया नहीं दो दिन बहु के पीछे का करत रही?"

"अरे मुन्नू को पंद्रह अगस्त की तैयारी करवा रहे थे।"

"कैसी तैयारी?"

अब तो मेरी जान ही ले लेगी ।

"मुन्नू को एक देशभक्ति का गीत तैयार करवाया था, उसी में व्यस्त थी।"

"हैं, दीदी कौन सा?"

शीला के हर प्रश्न का जबाब देना...अपना तो सिर ही घूम जाता है।

"अरे वही! इंसाफ की डगर पे..."

"कितना अच्छा गीत है। दीदी, हमे बता देती, हम तो बड़ा ही अच्छा गाती है। हमारी नातिन का तो अंग्रेजी स्कूल है, पता है बहुत फीस है उसकी। सो वो तो अंग्रेजी मैं ही गाना गाती है। दीदी, ऐसी गिटिर पिटिर अंगेजी बोतल है कि हमारी तो कछु समझ नहीं आवत है।"

ये कहते हुए शीला बड़ा ही गर्व महसूस कर रही थी।

मैं सोच रही थी कि हम आज भी किस मानसिकता में जी रहे हैं। स्कूलों में हिंदी बोलना उनकी शान के खिलाफ है। हम ये नहीं कहते की अंग्रेजी मत सीखो, पर हिंदी की अवहेलना भी तो मत करो। स्कूल में तो हिंदी बोलने पर फाइन लिया जाता है। क्या पता सच है की नहीं। हमने तो सुना है।

माता पिता भी अब तो बच्चों से घर मैं भी अंग्रेजी में ही बात करते हैं।

मैनें शीला से पूछा "तुम्हें उनकी बात समझ मैं आती है?"

"अरे कहाँ दीदी, हम एतेक कहाँ पढ़े हैं ? मैं तो कमरा बन्द करके मोबाइल पर सिनेमा देखत रहती हूँ। बच्चों को समय कहाँ है, वो भी कार्टून देखते रहते हैं।"

मैं मन ही मन सोच रही थी कि ये बात बहुत कुछ सही है। समय बड़ी तेज़ी से बदला है और हम इस दौड़ में बहुत पीछे रह गए हैं।

"अरे शीला तुम्हारे चक्कर में भूल ही गयी, मैं तो गाय को रोटी डालने आयी थी।"

"दीदी, आपको पता है गाय हमारे लिये कितनी उपयोगी है?"

अरे ....अब तो इनका गाय पर निबंध भी सुनना पड़ेगा ।

"दीदी पिता है विदेश में तो अब गाय से बीमारियों का इलाज भी होने लगा है। गाय ही ऐसा जानवर है जो ऑक्सीजन लेती है और ऑक्सीजन ही छोड़ती है। पता है दीदी, लोग गायों के बाड़े में रहने के बहुत पैसे देते हैं । वहाँ उनको मानसिक शांति मिलती है। यहाँ तो गायों की कदर ही नही, कचरा खाती रहती है। बस नाम की पूजा करत है हम लोग।"

मुझे लगा शील का गाय पर निबंध तो सच में ही उपयोगी है। मैं तो इसे यूँ ही समझती थी पर ये तो बड़ी होशियार है।

मैनें कहा "शीला में इस बार मुन्नू को ये निबंध में ज़रूर लिखवाऊंगी।" पर अब तो स्कूलों में गाय पर निबंध कहाँ लिखवाया जाता है।

सही हो या नहीं, पर ये बात सबको बताऊंगी कि ये नई थैरेपी तो आयी है। काश लोग गायो को यूं न सड़क पर छोड़ते ।

"अच्छा शीला आज तो तुमने मुझे बहुत ही अच्छी बात बताई है।"

"दीदी मोबाइल पर कभी कुछ जानकारी भी देख लेती हूँ। अरे दीदी चलूँ? घर पर बहुत काम पड़ा है।"

मैनें कहा "हां मैं भी चलूँ।" मन ही मन सोच रही थी कि अच्छा हुआ नहीं तो पता नहीं अब किस पर निबंध लिखवा दे। ये शीला भी न.......

६

लाड़ली

"उगते हुए सूरज की कसम
कोई भी शाम न गुज़री कि
तुझे भूल गए हों हम ...".

पुरानी डायरी के कुछ पन्ने आज मुझे मिल गए, इसी के साथ शुरू होती है सपना की ये कहानी ....

ये चंद पंक्ति बहुत पहिले लिखी थी जब मैं पंद्रह साल की थी। छत पर जाड़ो में बैठना कितना भाता है। सपना भी रोज़ सुबह छत पर चली जाती। एक दिन ताई जी आगयीं।

बोलीं "क्यों री? तू रोज़ाना स्कूल जाने से पहिले छत पर क्यों आती है?"

सपना कुछ जबाब दे वो सामने वाली छत पर देख कर बोलीं "ओह, तो ये सक्सेना साहब का बेटा भी छत पर खड़ा रहता है?"

सपना की समझ में कुछ भी नहीं आया।

ताई नीचे जाकर मम्मी से क्या बोली पता नहीं पर मम्मी और ताई में झगड़ा हो गया। मम्मी गुस्से में बोली "जीजी, मेरी बेटी तुम्हारी बेटी जैसी नहीं है जिसने हमें कहीं का नहीं रखा...

किसी के साथ शादी करके चली गयी।"

लड़ने के लिए किसी कारण की ज़रूरत नहीं होती । ये दो पल के बोल इंसान के रिश्ते ही बिखेर देते है । हमे बहुत सोच कर बोलना चाहिए ।

दूसरे दिन छत पर गयी तो देखा कि सच में ही वो लड़का मेरी तरफ देख रहा था । मैनें नज़र झुका ली। उसने आवाज़ लगाई धीरे से कहा "सपना आज मेरा जन्मदिन है आओगी न?" मैं मुश्किल से ही सुन पाई । शाम को मम्मी को भी जाना था साथ मैं भी चली गयी । देखा सच बहुत ही सूंदर लग रहा था वह । उसने गिफ्ट लेकर बड़े प्यार से कहा "थैंक यू"

पहली बार मैनें महसूस किया कि अजय की आंखों में अजीब सा सम्मोहन था जिसे आज तक भूल जाना मुश्किल है।

अगले साल सपना के पापा का ट्रांसफर भोपाल हो गया । वे भोपाल चले गए ।

नया स्कूल नई सहेलियां। धीरे धीरे पर यादें धूमिल सी हो गई पर जब भी सुबह होती तो छत की याद ज़रूर आती पर यहाँ न छत थी और न उसका वो सम्मोहित चेहरा...

पता नहीं क्यों कुछ लोगो की याद हमे जीवन भर क्यो रहती है। लगता है हमारा उनसे कोई पिछले जन्म का रिश्ता होता है। इंजीनियर बनने के बाद पापा ने पूछा "कोई पसंद है?" मैनें कहा "नहीं पापा, ऐसा कुछ भी नहीं है।"

पहिली बार जो छवि आँखों में बस गयी वोह्हदय में ऐसी बस गयी कि दूसरी छवि बसती ही नहीं । क्या ऐसा भी होता है?

आज काफी दिनों के बाद बगीचे में घूमने निकली हूँ। थक कर बैठ गयी तो पास में देखा एक सज्जन बैठे हैं। शायद बीमार हैं। मैनें कहा "अंकल चलिये मैं आपको आपके घर तक छोड़ देती हूँ। उनका हाथ पकड़ कर मैं घर तक गयी, उन के बेटे ने कहा "धन्यवाद मैडम"

अरे ये तो कुछ परिचित सी मुस्कान लगी "…..आ…प …"
"मैं अजय और मैं…. आप… हैं सपना।"

"ओह! तो आपको मेरा नाम भी याद है?"

"सपना जी आप को कैसे भूल सकता हूँ? मैं अभी कुछ दिन पहिले इसी शहर मैं आया हूँ।"

बस मुलाकातों का सिलसिला चलता रहा…. अजय और सपना बने ही एक दूसरे के लिए थे । क्या इतने साल बाद भी कोई इस तरह मिल सकता है ? बस एक ही कमी है कि शादी को सात साल हो गए घर का आंगन सूना है । कितनी बार अजय ने कहा है एक बच्चा गोद लेलेते है , ओर मैं ही राज़ी नहीं हुई । अजय भी आ। गए आते ही चहक कर बोले ''सपना आज बहुत ही नेक काम कर लिया है मैनें एक शहीद

की बेटी को गोद लेने के लिए अपना नाम लिखवा दिया है। ये सुनकर मैं रोने लगी ।

"अरे पगली रो क्यो रही हो?"

"ये खुशी के आँसू है अब हम नन्ही सी परी के मम्मी पाप बन जाएंगे। धन्य है वो शहीद की पत्नी जो हमे अपनी बेटी देने को तैयार हो गयी। सच है कि हमारे सैनिक अपना जीवन हमारी सुरक्षा में अर्पित कर देते हैं,और हम उनके लिये कुछ भी नहीं कर पाते।"

"हमें हर सैनिक का सम्मान करना चाहिए। सपना, हमे उनके लिये कुछ पैसा भी देना चाहिए ताकि उनके बच्चे अच्छी शिक्षा पा सकें। अजय तुम सही कह रहे हो ।अपनी हर सहेली से भी यही कहूंगी । बेटी को हम बहुत प्यार से पालेंगे । उसे खूब पढ़ाएंगे । पर........."

"पर क्या ... सपना?

"जब हम घर बनाएंगे तो छत पर नहीं जाने देंगे ।" ये सुनकर बस अजय को इतनी हंसी आ गयी कि कुछ पूछो मत।

"हाँ सही बात है, वहाँ कही आप की ताई जी आ गयी तो बस"

"देखो जी हमारी लाड़ली को कोई डाँट नहीं सकता"
"सपना कल की सुबह बहुत ही सुरमयी होगी जिसे हम बिना छत के भी देख सकेंगे।"

७

महान कौन?

"जी ..ये माथुर साहब का घर है क्या? "

"जी हाँ मैं उनकी ही पत्नी हूँ।"

"जी आप सब यहीं पूँछ लेंगी या अंदर आने को भी कहेंगी । अरे ..आइये न मैं तो भूल ही गयी" सुमि ने कहा। "आप आराम से बैठिये मैं आपके लिए चाय वाय लेकर आती हूँ। "

"नहीं आपके पति आते ही होंगे उन्होंने मुझे 6 बजे का समय दिया था। सुमि आपने मुझे पहिचाना नहीं शायद। "

"आप मेरा नाम कैसे जानते हैं?"

"सुमि तुम भी पहिचान जाओगी अगर तीस साल पहिले का सोचोगी तो। "

पल भर को तो सुमि को लगा जैसे तीस साल एक पल के लिये थम गए हों।और अमित की शक्ल आँखों के आगे घूम गयी पर ऐसी सफेद दाड़ी और मोटा चश्मा आँखों पर नहीं था

"क्या.....अमित??" लड़खड़ाती जुबान से सुमि ने कहा।

"हां हाँ चलो तुम्हे याद तो आया।"

117

"पर अमित तुम तो काफी बदल गए ।"

"सुमि हालात ही बदल गए। अच्छा तुम सुखी तो हो?"

"बहुत" ये कहते कहते सुमि का गला ही भर आया।

"तुम्हारे पति बहुत ही अच्छे इंसान है ये तो मुझे ऑफिस मैं ही पता चल गया था। पर ये पता न था कि वो तुम्हारे पति हैं" अमित ने कहा।

"अरे मैं अपनी डायरी तो माथुर साहब के पास ही छोड़ आया। कोई बात नहीं वो अपने साथ ले आएंगे। सुमि... तुम्हारी बरसों पुरानी तस्वीर उस डायरी मैं है।"

ये जानकर दोनों ही परेशान थे।

बस तभी माथुर साहब भी आगए। आते ही गर्म जोशी से अमित का इन्होंने स्वागत किया और अमित के हाथ मैं डायरी थमा दी बोले "अमित आपका ऑफिस का काम हो गया है आप जब तक पूना मैं हर शाम हमारे साथ खाना खाएंगे।"

"अरे नहीं माथुर साहब।"

सुमि का चेहरा अनजाने भय से पीला से होगया। देखते ही ये बोले "सुमि तुम्हारी तवियत तो ठीक है?" मुझे जरा सी परेशानी हो तो ये बेचैन हो जाते है। नाश्ते के बाद अमित चले गए न जाने कितने सवालों के साथ।

जाते ही ये बोले "सुमि इसने अभी तक शादी नहीं की कह रहा था कि जिसे चाहा उसने हां नहीं कहा। सारी ज़िन्दगी बस यही सोचता रहा कि मैं उसे भूल जाऊंगा, फिर शादी करूँगा पर ऐसा क़भी हो नहीं पाया और वक्त निकल गया। मुझे उससे शिकायत नहीं है क्यो कि वो कभी गलत नहीं हो सकती। कोई तो मजबूरी रही होगी।

सुमि, उसकी डायरी मैं मुझे तुम्हारा फ़ोटो मिला उस पर लिखा था 'with love. Sumi'

पगली इतना बड़ा बोझ लेकर जीती रही कभी कह कर अपना मन हल्का तो किया होता मैं जनता हूं उस जमाने मैं अंतरजातीय विवाह कितने मुश्किल थे। तुमने अपने प्यार का वलिदान देकर मुझे जो प्रेम दिया सच मैं तुम्हारा ऋणी हो गया हूँ।"

भावविभोर होकर मेरा हाथ इन्होंने थाम लिया। सुनकर सुमि कृतज्ञ सी हो गयी ।समझ नहीं पायी की आँख में जो आंसुओ का सैलाब है वो अमित के खोने का है या इनको पाने की खुशी। बस सुमि यही सोचती रही कि हार तो हर हाल में अमित की ही हुई है। शायद ये आँसू इसी पश्चाताप के है। समझ नहीं पायी कि मेरे पति हर बार अपनी महानता से जीत कैसे जाते है?

"सुमि ये तो बताओ कल अमित के लिए खाने में क्या बनाओगी? वैसे तो तुम्हारे हाथ का खाना लाजबाब होता है।

और फिर अमित तो अब तुम्हारे साथ हमारा भी दोस्त जो है। सुमि मेरी नज़र में तुम्हारी इज्ज़त और भी बढ़ गयी है।"

सुमि नहीं समझ पा रही कि महान किसे कहे अमित को.... जिसने मेरी यादो के सहारे ज़िन्दगी काट दी या माथुर साहब को जिन्होंने इस बात को हल्के से लिया।

इसी उभापोह में नींद भी नहीं आ रही थी की इन्होने मेरे माथे को सहलाते हुए बड़े प्यार से कहा "सिर में दर्द है।। इधर आओ। मैं तुम्हारे सिर की मालिश कर देता हूं।"

सच है प्यार का स्पर्श सारे ग़म भुला देता है बस...... सोचते सोचते पता नहीं कब नींद आ गयी।......

किसे महान कहूँ,
ये निर्णय न ले सकी। ।

फिर से

आज घर के नीचे गुब्बारे वाले को आवाज़ लागाते सुना, तो गुब्बारा खरीद लाई। वो पूछने लगा "बहिन जी क्या बच्चे आ गए हैं?"

"नहीं तो .."

पड़ोसिन भी यही पूछने लगी "सीमा जी लगता है आपकी नातिन आने वाली है।"

मैं बिना किसी उत्तर के ऊपर आ गयी। पता नहीं क्यो इस लगा कि मेरी प्यारी सी नातिन गुब्बारा पाकर बहुत खुश होगी कहेगी "मेरी दादी कितनी प्यारी है।" और मैं उसे गोदी लेकर बहुत बहुत बहुत प्यार करूँगी।

पर कहाँ! बेटा मनु को अमेरिका गए पूरा पांच साल हो गया । तब से एक बार ही आया है वो भी अकेले कम्पनी के काम से, अब तो फोन भी बहुत कम आता है।

जब भी शिकायत करूँ तो कहेगा "माँ समय ही कहाँ मिलता है, बहुत व्यस्त ही तो रहता हूँ।"

"बेटा बहू से ही फोन करवा दिया करो।"

"अरे मां ,नीलू अभी छोटी है। उसके पास भी बहुत काम रहता है। यहां सब काम खुद ही करना पड़ता है।"

सही ही कहता है वो मैं अकेली हूँ तो बस खालीपन में बस सबकी याद आती हैं । बस समय गुजारने का एक ही माध्यम है मोबाइल। लगता है आंखे मोबाइल देखने से खराब ही तो होनी है। पर करना भी क्या है अगर नहीं देखूं तो ये बेसमय बरसती रहेंगी।

मनु के पापा सही कहते थे सीमा तुम्हें कभी अकेले रहना पड़ा तो? मैं नाराज हो जाती कहती अरे मेरा भरा पूरा तो घर है । वे कहते अरे मैडम मैं तो यूँ ही मज़ाक कर रहा था। क्या पता था मज़ाक भी कभी सच हो जाएगा ।

अरे चलो मनु की प्रोफाइल खोलकर उसके फ़ोटो ही देख लेती हूँ । अरे ये क्या...मनु तो सपरिवार इंग्लैंड घूमने गया है । वही से उसने फोटोज डालें है ।अरे नातिन तो बड़ी हो गयी काश उसका बचपन मैं देख पाती उसको यहां से गए पांच साल हो गए है सोचती थी वो मुझे बुलायेगा पर एक बार भी नहीं कहा "मां आ जाओ।"

पर इंग्लैंड से तो फोन कर सकता था.... हो सकता है नेटवर्क न मिला हो।कोई बात नहीं मैं ही फोन कर लेती हूँ ।

उधर से आवाज़ आई ," हाँ बोलो मां कैसी हो?"

बस जबाब ही न बना बस गला रुंध गया ।

"मनु कैसा है बेटा? बड़ी याद आ रही है ।तू कब यहाँ आ रहा है?"

"अरे मां छुट्टियां कहाँ मिलती है? बहुत दिनों से बच्चे घूमने की ज़िद कर रहे थे तो इंग्लैंड आया हूँ।"

बस तभी फोन कट जिस हर बार इसी तरह फ़ोन कट जाता है।

आह फिर से ..... अब बस वही लम्बा इंतज़ार बस इंतज़ार.....तभी गुब्बारे वाले की आवाज़ आ गई । "दीदी दीदी, नातिन आ गई? गुब्बारे ले लो।"

और मैं आँखो को पोछती हुई बोली "एक नहीं दस देकर जा।" और जल्दी से दूर झोपड़ी में बच्चों को देने पैदल ही निकल पड़ीं । आज फिर से लगा मैं तो बहुत खुश तो हूँ ।

बच्चे देखते ही खुश हो कर चिल्लाने लगे "दीदी दीदी....."

मैंने कहा "दीदी नहीं, दादी कहो"।

बच्चे एक साथ बोले "दादी दादी"।

एक साथ इतने बच्चो की दादी बन गयी मैं ।

९

शायद यही प्यार है

नीचे से किरायेदार अंकल की गुस्सा होने की आवाज़ आ रही थी । ये दोनों दिन भर आपस में लड़ते ही रहते है रात को भी चैन नहीं । सुबह ही जाकर मकान खाली करने को कह दूँगी । पर सोचकर चुप हो जाती हूँ कि कौन इस उम्र में इनको मकान देगा ?

एक ही बेटा है वो भी विदेश मैं है बस आपस में ही एक दूसरे से नाराजगी दिखाते रहते है । पूरी जमापूंजी बेटे की पढ़ाई में लगा दी एक मकान भी अपने लिए न बनवा पाए।

अब बेटे के पैसे का इंतज़ार करते रहते है कई बार तो किराया भी समय से नहीं दे पाते तब लगता है ..... माता पिता सब कुछ बच्चो के बारे में ही सोचते है काश कभी अपने बुढ़ापे के लिये भी सोचते । यही सोचते सोचते कब नींद आ गयी पता ही नहीं चला ।

सुबह देर से जगी तो प्रखर बोले " क्या बात है मनु तवियत तो ठीक है मैनें कोई जबाब नहीं दिया शायद मैं अभी भी रूठी हुई थी पर इनको इतनी फुरसत कहाँ !

प्रखर के ऑफिस जाते ही फिर अंकल आंटी की लड़ने की आवाज़ आने लगी। मुझे गुस्सा आने लगा और नीचे चल दी आज तो मकान खाली करने की कह ही दूँगी।

जैसे ही नीचे पहुँची तो देख कर चकित रह गयी अरे ये क्या........ अंकल तो आंटी के सिर में तेल मालिश कर रहे थे मुझे देख कर बहुत खुश हो गए । मैनें कहा "अंकल बड़ी सेवा हो रही है।"

वो बोले "अरे कहाँ! तुम्हारी आंटी कहना ही नहीं मानती। देखो न कल रात भर नहीं सोई। बी पी बढ़ गया था। समय से दवा नहीं लेती। बस मेरी सेवा में लगी रहती है। कभी अपने बारे में नहीं सोचती। रात को जग कर नाती के लिए स्वेटर बुन रही थी मैं नाराज़ हुआ, तब सोई हैं।"

आंटी उठ कर रसोई में गयी और एक प्लेट में नाश्ता लेकर आगयी, बोली "बेटा ये लड्डू मैनें बनाये हैं।"
अंकल हंस कर बोले "मनु तुम्हारी आंटी बहुत अच्छी मिठाई बनाती है। और फिर ये तो....."

आंटी बोली "रहने भी दो तुम भी न....", ये कह कर लजा गयी, बोली "मनु, दो दिन पहिले हमारी शादी की चालीसवीं सालगिरह थी अंकल को बेसन के लड्डू बहुत पसंद हैं। मैं इनको बाजार का कुछ नहीं खाने देती फिर भी.."

"हाँ हाँ कर दो मेरी शिकायत। बेटा कभी कुछ खा भी लूं बाजार में तो ये बहुत गुस्सा करती है।"

आंटी गुस्सा होने लगी "अब कोई उम्र है कि बाजार का कुछ तुम्हे पच पायेगा । और फिर समय से दवा और फल नहीं लोगे तो गुस्सा नहीं करूँगी और फिर किस पर गुस्सा करुं"

ये कहते ही आंटी की आँखे छलक गयी ...

मैं तो भूल ही गयी कि मैं क्या कहने आयी थी । मैन कहा चलती हूँ....अंकलबोले कभी कभी आ जाया करो।तुम आती हो तो लगता है कोई तो है जो हमारी फिक्र करता है । बेटा अपनी आंटी को समझा दो कि आराम भी किया करे सारे दिन काम करती है ये कोई उम्र है काम करने की ?.. बस इतना ही कहना था की आंटी बरस पड़ी ' बोली "तुम कहना क्या चाहते हो की मैं बूढ़ी हो गयी हूँ।"

बस ये सुनते ही मुझे हँसी आ गयी । किसी भी महिला के लिये उम्र की बात करना कितना बुरा लगता है। काश ईश्वर इस तरह का वरदान दे दे कि हर महिला हमेशा जवान रहे।

उन दोनों का इस उम्र में इतना प्यार देख कर लगा कि शायद यही प्यार है .... एक दूसरे पर एक दूसरे की परवाह के लिये जीना शायद इसी को प्यार कहते है.... लेकिन हम तो जैसेज़िन्दगी की आपाधापी में ,नए ज़माने की होड़ में कहीं खोते जा रहे है।

काश हम सम्बन्धो की इस प्यारी सी डोर को मजबूत कर पाते .... अब समझ आया कि अपने बिखरते रिश्तो को कैसे संभालना है?

लेकिन एक प्रखर है की कल शादी की दसवीं साल गिरह ही भूल गए उन्हें ये भी नहीं पता की मैं क्यो नाराज़ थी ।

१०

मेरा छोटा सा शहर

एक अरसे बाद आज मायके जाने का मौका मिला है मौसी की बेटी की शादी जो है । रेलवे स्टेशन पर उतरी तो लगा जैसे अपना शहर आ गया ।कितने भी साल हो जाये बचपन का शहर हमेशा दिल के करीब रहता है।

एक लड़के को खड़ा देखा तो पूछा " बेटा यहाँ मंगल चाचा की मिठाई की दुकान हुआ करती थी अब नहीं दिख रही?"उसने जबाब दिया ऑन्टी वो तो पांच साल पहिले ही बंद हो गयी मंगल चाचा रहे नहीं और उनका लड़का भी शहर छोड़ कर चला गया ।बहुत बीमार रहे ऑन्टी। कहते है उनके लड़के नेउन्हें बृद्धाश्रम भेज दिया था वही उनकी मृत्यु हो गयी।"

सुनकर लगा कि चक्कर सा आगया मुझे। चचा मेरे पड़ोसी थे बहुत प्यार करते थे मेरी शादी में मिठाई उन्होंने ही बनाई थी। विदा के समयमें उनसे मिलकर कितना रोई थी पर उनकी मृत्यु की खबर किसी ने नहीं दी मुझे कोई खून का रिश्ता तो था नहीं। मन के रिश्तो में रस्म अदायगी कहाँ होती है?

उदास मन लिये खड़ी ही थी कि एक रिक्शे वाला पास आकर बोला "कहाँ चलना है दीदी?”

मैंने उसकी तरफ देख सोचने लगी ये इतना बुजुर्ग क्या रिक्शा अच्छी तरह चला पायेगा?वह बोला कुछ भी दे देना दीदी सुबह से बोहनी नहीं हुई। अटैची उठाते हुए मैनें रोक दिया नहीं दादा में खुद उठा लूँगी ।आराम करने की उम्र में रिक्शा चलाना पड़ रहा है। मैनें पूछा दादा इस उम्र मैं रिक्शा क्यो चलाते हो? ये पूछते ही गाला भर आया उसका बोला पेट के लिये कुछ तो करना पड़ेगा । मैनें कहा क्यो कोई घर मे और नहीं है क्या ? वह बोले सब हैबेटा बहू नाती नातिन पर सब बाहर है सुनते है बेटा दिल्ली में अफसर है । हम तो पढ़े लिखे है नॉय सो जाय सकें।

दुइ साल पहले आया था सो दीदी छोटो सो मकान हतो सो बेचकर पैसा ले गया । ये कह करकि वापिस दे दूंगा पांच साल हो गए अभी तक कोई ख़बर नहीं ली कोनऊ बात नहीं है अब या उम्र में हमे पैसे का करना भी क्या है?

माता पिता अपने बच्चों की बुराई भी नहीं कर सकते। सोच रही थी कि मेरा छोटा शहर अब कुछ ज्यादा ही उन्नति कर गया है। अरे दीदी आपका घर आगया" । उस की बात का उत्तर देते हुए एक सौ का नोट मैंने उसके हाथ में रखा ।वह बोला मेरे पास खुले पैसे नहीं है ।अरे रखलो मुझे नहीं चाहिये ।ढेर सारी दुआएं देने लगा।

मैं भी विजयी सी मुस्कान लिए चल दी। मेरे मन में सवाल जो मुझे कचोटता रहा मेरे बटुए में पाँचसौ का भी तो नोट था अगर देदेती तो मेरे पास कुछ कमी तो न हो जाती... शायद हम भी वहीँ देते है जहाँ मंदिर में दान देने पर माइक पर हमारा नाम बोला जाता है । अरे में भी क्या क्या सोच रही हु ज़रा सी दूरी के सौ रुपये क्या कम हैं मायके के छोटे शहर की फ़िज़ा ही नहीं बदली शायद अभी बहुत कुछ बदलना शेष है........?

११

दिल तक

बहुत दिन हुए अभि की कोई खबर ही नहीं मिली - कहां है, कैसा है, कुछ पता ही नहीं। जब भी बहु को फोन करती हूं फोन उठाती ही नहीं,अगर उठा भी ले तो यही कहती है मम्मी समय ही नहीं मिलता। 5 साल के इस अंशु को संभालना कितना मुश्किल होता है,फिर घर देखना, ये सब कितना कठिन होता है। आप तो फ्री होती है तो बस।

हर बार यही सोचती हूं अब कभी फोन नहीं करूंगी। पर दिल मानता ही नहीं। अभिजीत के पापा तो जैसे सुबह शाम रट ही लगाए रहते "अजी सुनती हो, अभि की मां! कोई फोन आया क्या मुंबई से मेरे बच्चे का?"

कभी कभी इन पर मेरा गुस्सा ही उतर जाता है अरे क्या करूं अगर वो फोन नहीं करता तो। आप चले जाइए वहां खैर खबर लेने। चुप होकर चले जाते है अभि के स्टडी रूम में । बहुत तरस आता हैं, पर गुस्सा न करूं तो चुप भी तो नहीं होते।

मैं अंदर ही अंदर अनजाने भय से कांप उठती हूं - कोरोना के डर से।

अब कुछ महीनों से इस बीमारी से भय बहुत कम हो गया है, पर चिंता बराबर बनी है। जब भी फोन की घंटी बजती है अपने कमज़ोर कदमों से ये मोबाइल ढूंढने लगते हैं, मैं झल्ला पड़ती हूं हाथ में मोबाइल देते हुए। "अरे मोबाइल अपने पास क्यूं नहीं रखते?", मेरी आवाज़ में अब तल्खी आने लगी है। पर अजीब बात तो ये है कि मुस्कुरा कर कहते हैं "अरे रूपा अब मैं बूढ़ा हो चला हूं।"

मैं बार बार यही कहती हूं "हुए तो नहीं पर कहते कहते जल्दी ही हो जाओगे। मन को अगर हम जवान रखें तो कभी बुजुर्ग नहीं होंगे। मेरी यही सोच है, तभी तो कोई मेरी उम्र नहीं पहचान पाता।

बात कर ही रही थी कि मोबाइल की घंटी बज उठी बेटे की प्यारी सी आवाज़ सुनाई दी। मैनें जैसे ही अभि कहा मेरे हाथ से फोन छीन लिया । आखों से आसूं बह रहे थे।बोल ही नहीं पाए।तब लगा कि सब मां को ही ममता की मूरत कहते है पर पिता के प्यार और त्याग की कोई कभी चर्चा ही नहीं करता । "हां बोलो बेटा इतने दिन बाद याद आई। बहू से कितनी बार कहा तुमसे बात करवा दे पर नहीं करवाई।"

"मां बोलती ही रहोगी या मैरी भी सुनोगी। सुनीता आपको नहीं बताना चाहती थी कि मेरी ड्यूटी कोविड विभाग में थी ऐसे में छुट्टी भी नहीं मिल रही थी। अगर वो आपको बता देती

तो आप दोनो न तो आ सकते थे। चिंता के कारण बहुत परेशान हो जाते।"

सुनकर बहुके प्रति मेरा मन सम्मान से अभिभूत हो गया और इस बेटी में इतनी हिम्मत कहां से आ गई। इन पंद्रह दिनों मैं गुस्से मैं क्या क्या नहीं कहा उसे । आज लगता है की बहू सिर्फ बहू ही नहीं होती प्यारी बेटी भी होती है।

आखें थी की कुछ बोलने ही नहीं दे रही थी बस इतना ही कह पाई "बेटा गैस पर सब्जी जल रही है थोड़ी देर बाद बात करती हूँ।"

अभि के पापा ने बहुत प्यार से कंधे पर हाथ रख कर यही कहा "रूपा तुम्हारी बहू भी तुम्हारे जैसी ही हिम्मत वाली है।" मैं भी अपनी तारीफ सुनकर...दिल से दिल तक इनके हमेशा करीब ही तो हूं।

१२

सुख कहाँ?

आज काम कुछ ज़्यादा ही हो गया। चलो थोड़ा आराम किया जाए।

"अरे सुनती हो! तुम्हारा फोन है"

"बस ज़रा सा क्या आराम करने लगूं कि बस शोर मचा देते हैं।" झल्लाते हुए नीलू उठ बैठी।

"हैलो, हाँ मैं बोल रही हूं.... नीलू! कहो किससे बात करनी है?"

"अरे मैं हूं तुम्हारी सहेली....पारुल!"

".....हु...पारुल...?"

मैं तो एकदम ही भूल गई थी "अरे कहाँ हो तुम? तुम तो बीस साल पहिले ही अमेरिका चली गयी थीं ना, अपने पति के साथ? कहाँ हो, कैसी हो?"

"अरे नीलू तुम सब फोन पर ही पूछ लोगी क्या? अरे शाम को तुम्हारे घर आती हूँ, बहुत सारी बातें करेंगे। ओके अब मैं रखती हूँ।"

चेहरे की खुशी देख कर ये बोले "अरे हम भी तो सुनें आप इतनी खुश क्यों हैं?"

"मेरी बचपन की सहेली जो आ रही है आज शाम को।"

"अरे वाह! आज तो सहेली के कारण हमें भी अच्छा खाना मिल जाएगा।"

नीलू को लगा ये तो कोई मौका ही नहीं छोड़ते हमें परेशान करने का।

"हाँ हाँ क्यो नहीं, रोज़ाना तो आपको बढ़िया खाना देती ही नहीं? अरे जब से हाई बी पी हुआ है तुम परहेज़ का ही तो खाना खाते हो।"

शाम होते ही पारुल भी आ गयी ।

"अरे... आओ आओ बेठो। इतने साल बाद तुम्हें कैसे याद आयी? कहाँ थी तुम? तुम्हारे पति कैसे हैं? अरे पारुल तुम तो अभी भी बहुत सुंदर हो! तभी तो हरीश ने तुमको पसंद किया था! हमारी क्लास मैं तुम ही तो थी कि हर कोई तुम्हारी तरफ देखता था। तुझे पता है मुझे तो तेरी सुंदरता से जलन ही होने लगी थी। हमारा तो रूप ऐसा ही था, भला हमें कौन देखता?"

"अरे कुछ तो बोलने का मौका दे नीलू।मैं भी तुझे कहां पहचान पाई। अरे तेरे बराबर कोई पढ़ाई मैं होशियार न था। तू तो हर प्रतियोगिता मैं पहिला नम्बर लाती थी।
"अरे बैठने तो दे।"

गले मिल कर लगा की प्यार बहुत अंतराल के बाद भी कम नहीं होता । यादों के सिलसिले थे की थमने का नाम ही नहीं ले रहे थे।

"पारुल तूने तो घर वालो के खिलाफ़ जाकरशादी की थी।"

"कैसी गुज़री ज़िंदगी?...क्या हुआ पगली रो क्यों रही है?"

"क्या बताऊँ नीलू, अमेरिका में कुछ साल तो अच्छे गुज़रे। दो बच्चे भी हो गए। मेरा पूरा वक़्त बस बच्चों के देख रेख में ही बीतने लगा। कभी अपनी खुद की ज़रूरतें और विकास के ऊपर ध्यान ही नहीं दे पाई। धीरे धीरे ये अपने काम में बहुत व्यस्त हो गए। पता ही नहीं चला कि हरीश कब मुझसे दूर हो गए। उनको किसी से प्यार हो गया। एक ही घर मैं हम ग़ैर की तरह रहने लगे। ज़िन्दगी बहुत बोझिल हो गयी, बच्चे भी बड़े हो गए। वहां की कल्चर के हिसाब से वो भी अलग हो गए । मैं अकेली रह गयी।

मुझे लगा कि मैनें अपने माता पिताकी बात न मान कर बहुत भूल की। नीलू, मायके में भी मेरी जगह अब नहीं थी, किस मुँह से जाती मैं। तब समझ आया कि परिवार का क्या महत्व होता है? मैं ये नहीं कहती कि सभी के साथ प्रेम विवाह में ऐसा ही होता है.... मेरी तो बस किस्मत ही खराब थी।
परदेस में मेरा साथ देने वाला भी कोई नहीं था। यहाँ होती तो शायद माता पिता का सहारा मिलता। अब अपने देश में ही रहना चाहती हुँ । काश मैंने पढ़ाई पूरी की होती तो आज अपने पैरों पर तो खड़ी होती।

बस यही अफसोस मुझे परेशान करता है।”

“अरे पारुल परेशान न हो। अभी भी कुछ नहीं बिगड़ा। तुम छोटे बच्चों को पढ़ा सकती हो। हम असहाय बच्चों के लिए स्कूल चलाते है, तुम उसमें अपना योगदान दे सकती हो, पर हम तुम्हे वेतन ज़्यादा न दे पाएंगे।”

“अरे नीलू कैसी बात करती हो? मुझे कुछ नहीं चाहिए, हरीश हर महीने पैसा भेजते हैं। मैं अपना खर्च उठा सकती हुँ। हो सकता है नीलू मुझमे ही कोई कमी थी वरना हरीश ऐसे न थे बहुत प्यार करते थे मुझे।”

मैं सोच रही थी एक नारी ढंग से अपने पति की बुराई भी नहीं कर सकती। भगवान ने नारी को अथाह प्रेम का सागर क्यों बनाया है?... हमेशा वह अपने ही को दोषी क्यों ठहराती है? “नीलू तुम्हारी ज़िन्दगी कैसी गुज़र रही है?”

“पारुल सारे सुख इंसान को नहीं मिलते। मेरे पतिदेव बहुत ही अच्छे है पर इस घर में बच्चो की किलकारियां नहीं हैं। बहुत सूना लगता है घर। इस सूनेपन को भरने के लिएहमने असहाय बच्चों का स्कूल खोल लिया है। अगर हमारे अपने बच्चे होते तो भी तो खर्च होता, हम सोचते है कि किसके लिये पैसा बचा कर रखना है। अब तो लगता ही नहीं कि हमारे अपने बच्चे नहीं है। सब बच्चे प्यार से मां ही कहते है, तो लगता है कितने सारे बच्चो की मां हूँ मैं।” कहते कहते मेरी आंखे ही नम हो गयी।

"सच पारुल यही रिश्ते सच्चे हैं। सुख हमे खोजना पड़ता है। हमे खुशियों को अपने दामन में समेट लेना चाहिए। सुख हमारे मन का होता है, सब को सब कुछ नहीं मिलता। तुम फिर से नई ज़िन्दगी शुरू करो। किसी के रूठने से या बिछुड़ने से संसार रुकता नहीं । पारुल अब तुम कुछ खा लो फिर हम स्कूल भी तुमको दिखाने चलेंगे।

अरे पारुल मैं तो भूल ही गयी कि हमारे पतिदेव ऊपर कमरे में हैं।" आज लगा कि सच में बहुत ही सीधे है ये।

"अरे तुमको तुम्हारे जीजाजी से मिलवाती हूँ। अरे लो, ये तो खुद ही आ गए।"

"अरे साली साहिबा राम राम। अरे भई तुमने बताया नहीं कि साली साहिबा इतनी सुंदर हैं?"

"अरे पारुल इनकी बात का बुरा न मानना ये बड़े मज़ाकिया है।"

एक नज़र देखा तो लगा सच में पारुल अभी भी सुंदर तो है मन ही मन नारी की विवशता पर बहुत दुख हुआ। क्या कमी है इसमे जो इसके पति ने छोड़ दिया। बस यही न कि वो अमेरिका में आधुनिक न बन सकी। क्या हमारे भारतीय संस्कारो की बुनियाद इतनी कमज़ोर है? पर मेरा तो विचार है कि हम कहीं भी रहे हमे अपने संस्कार नहीं छोड़ना चाहिए।

लेकिन जब लगे कि हमारा साथी चाहता है कि हम वक़्त के साथ बदल जाए तो बदल जाना इतना भी बुरा नहीं। लेकिन बाहरी परिवेश के बदलने से हमारे में मन में आत्मीयता नहीं बदलनी चाहिए।

हरीश मिले तो एक बार पूछूं क्या कमी थी पारुल के भारतीय परिधान में ? अपने देश के संस्कारों में?

१३

गिनती

नौ मिनट के इस अन्धेरे ने न जाने कितनी यादों को ताजा कर दिया। बचपन मे नौ साल की उम्र ही रही होगी शायद तब हमारे गावँ मे ऐसा ही अन्धेरा हुआ करता था। कितना साफ़ नीला आसमां होता था। प्रदूषण था ही नहीं। कितना सुरम्य वातावरण था। जब नींद नहीं आती तो बाबूजी कहते आसमां के सितारे गिनो, और हम भाई बहिन गिनने लगते। शायद ये गिनती याद करने का तरीका होता था। और हम गिनते गिनते सो जाते।

आज पल भर को सबने आँखे बन्द की, भगवान का नाम लिया। उतनी देर मोबाइल किसी के पास नहीं था। मुझे लगा 9 मिनट कम थे। अगर अगला संदेश हाथ जोडते हुए 90 मिनट का हुआ तो? बचपन गुज़रा, गावों मे बिजली के इन्तज़ार में, और अब मुंबई मे पल भर का अन्धेरा दिये की रोशनी मे बहुत सुन्दर लगा।

कोराना से बच्चे भी भयभीत हो गये हैं। कहते हैं बाहर नहीं जाना, कोरोना आ जायेगा। ठीक वेसे ही जैसे बाबूजी बचपन में कहते बाहर मत जाना भूत आ जायेगा। ईश्वर से प्रार्थना है की जल्दी हमें इस विपदा से मुक्ति दिजीये।

कोरोना से भयभीत नौ साल की नातिन भी अंधेरे में हाथ जोड़ कर बैठी रही ।

आभारोक्ति

मैं कुछ खास प्रियजनों का हृदय से हार्दिक आभार प्रकट करना चाहती हूँ जिन्होंने इस पुस्तक को जीवंत करने में महत्वपूर्ण भूमिका निभाई है:

- सुश्री याशना क्षत्रिय को सुंदर और मनोरम चित्रण के लिए जिसने मेरी कविताओं और कहानियों के पात्रों की दुनिया को जीवंत कर दिया।
- मेरे संपादक जिन्होंने मुझे सम्पादित करने में मदद की और अपनी सलाह दी।
- मेरे प्रकाशक Notion Press जिन्होंने मुझे मेरे शब्दों को दुनिया के साथ बाँटने का मौका दिया।
- मेरे परिवार और मित्र जिन्होंने मुझे अपना पूर्ण समर्थन और प्रेरणा दी।
- और आखिरकार, पाठक जिन्होनें मेरे लेखन को पढ़ने के लिए अपना समय निकाला ।